# BRUIXA I FAMOSA

## UN MISTERI PARANORMAL DE LES BRUIXES DE WESTWICK

## COLLEEN CROSS

Traducido por
ALICIA BOTELLA JUAN

# ALTRES OBRES DE COLLEEN CROSS

*Els misteris de les bruixes de Westwick*

*Caça de bruixes*

*La bruixa de la sort*

*Bruixa i famosa*

Subscriu-te al butlletí per a assabentar-te de les noves publicacions de Colleen.

http://eepurl.com/dDAcgr

# BRUIXA I FAMOSA

## UN MISTERI PARANORMAL DE LES BRUIXES DE WESTWICK

*Llums, càmera, assassinat...*

Comença el rodatge d'una pel·lícula de Hollywood al poble i la periodista Cendrine West està llesta per a la primícia. La seva família de bruixes també vol participar-hi, però les entremaliadures amb les estrelles es converteixen prompte en la tragèdia de Tinseltown.

Els cossos s'acumulen més de pressa que les malediccions de l'aquelarre, i tot apunta a l'extravagant família de la Cen. No es detindran en la seva cerca de la màgica fama, encara que això signifiqui haver de resoldre un cas d'assassinat.

Les bruixes han llençat un encanteri que ha acabat en desastre i ha proporcionat a l'assassí l'oportunitat de fugir. La Cen recorre a la seva característica combinació de justícia i màgia per mantenir la seva família sota control, però... podrà desemmascarar l'assassí abans que no torni a actuar?

*Bruixa i famosa* és perfecta per a fanàtics del misteri paranormal, misteri lleuger i bruixes màgicament divertides.

Aquest llibre es pot llegir com un misteri independent, però si vols saber més sobre les bruixes de Westwick i la seva història familiar, pots començar pel primer llibre: *Caça de bruixes.*

# CAPÍTOL 1

es estrelles de cinema poden ser molt grunyidores i exigents. Mai havia pensat que la tieta Amber fos res d'això. No era només una bruixa consumada, sinó que estava acostumada a obrir-se camí com a alta executiva de l'Associació Internacional de l'Art de la Bruixeria. L'AIAB era la seva vida.

I malgrat això, la meva tieta addicta a la feina havia deixat de banda la seva carrera per un paper. Mai havia mostrat interès per l'actuació, ni tan sols li agradava el cinema, la simple idea d'ella actuant en un èxit de Hollywood se'm feia absurda.

Però en menys d'una setmana havia aconseguit un paper coprotagonista en *Atracament a migdia*, la seqüela de l'exitosa pel·lícula de Hollywood *Atracament a mitjanit*. I havia convençut un cèlebre productor perquè rodés la pel·lícula aquí, a Westwick Corners. Al nostre poble quasi fantasma li vindria bé un impuls econòmic, però de cap manera podia entendre perquè havien elegit un poble fet pols com el nostre.

No tenia sentit. O bé la tieta Amber tenia importants contactes a Hollywood o havia usat la màgia. O totes dues, els detalls brillaven per la seva absència i no tenia ni idea de qui actuava amb la tieta Amber, només sabia que era un peix gros de Hollywood.

No podia imaginar perquè viatjaria fins a l'est de l'estat de Washington. Però una cosa estava clara: l'equip de la pel·lícula era realment de Hollywood, i mentre les coses anessin bé, la pel·lícula garantia posar el focus de llum de nou sobre Westwick Corners. Tornarien els turistes amb la cartera plena i Westwick Corners recuperaria el seu benestar financer.

Tota la informació m'havia arribat de segona mà per part de la mare, ja que encara no havia vist la tieta Amber. Havia arribat la nit anterior des de Londres, on vivia. S'havia ficat directament al seu camió camerino en lloc de passar a veure'ns. Podia semblar estrany, però era el comportament típic de la tieta Amber, estava ansiosa per començar.

La mare i jo havíem passat tota la nit preparant les habitacions i el desdejuni per als nostres clients a l'Hostal Westwick Corners. Ni tan sols les bruixes podien escapar de certa quantitat de treball manual. Simplement no hi havia prou hores al dia, o a la nit en aquest cas. Em vaig despertar sobre la una de la matinada, però vaig tossir i vaig fer mitja volta.

La meva ment es va agitar mentre repassava mentalment els detalls. Les habitacions estaven llestes i la mare havia preparat les taules per a desdejunar. Em quedaria al set com una espècie d'enllaç amb el poble, assegurant-me que els treballadors de la pel·lícula tinguessin tot allò que els calia. També esperava poder entrevistar algunes de les estrelles pel Westwick Corners Weekly. Era l'editora del periòdic, encara que sonava més impressionant del que realment era. En realitat, em vaig comprar la feina quan es va jubilar l'antic propietari. Prompte em vaig adonar que el periòdic estava en la basca de la mort i probablement no fos el millor dels negocis en aquells dies. Com li agradava dir a la tieta Pearl, només era un mode d'aconseguir cupons de descompte.

Els seus comentaris em molestaven, però tenia raó. Als meus lectors retalladors de cupons no els importaven els articles que passava hores escrivint. Pensar que servia d'una altra cosa era un ximpleria. El cada vegada més reduït grup d'ancians lectors només volien cupons i publicitat. Però si més no els ingressos que aquesta generava seguien pagant els comptes i mantenint el periòdic en marxa.

La meva única altra tasca era vigilar la tieta Pearl. Això era més fàcil de dir que de fer. La tieta Pearl detestava la idea que hi hagués visitants al poble. També mantenia una intensa rivalitat amb la seva germana, l'Amber, així que esperava que poguessin portar-se bé per una vegada.

Vaig comprovar el rellotge i vaig veure que eren quasi les cinc de la matinada. Em vaig sentir com si no hagués aclucat l'ull en tota la nit, i era evident que no em tornaria a dormir. Estava massa emocionada amb la pel·lícula. Semblava massa bo per ser veritat, però estava a pocs centenars de metres de l'hostal en la planta baixa del qual hi vivien la mare i la tieta Pearl.

Vaig tornar a pensar en la tieta Amber. Definitivament tramava alguna cosa, però què? Potser només intentés contribuir al negoci portant la pel·lícula a Westwick Corners.

O potser no. Mai l'havia vista fer res que no fos pel seu propi benefici. Ja tenia un paper en la pel·lícula, així que, per què havia de rodar-se a Westwick Corners? Em va passar alguna cosa pel cap, però vaig saber ben bé què era. La tieta Amber no s'absentaria mai de l'AIAB per res, tret que hi hagués màgia involucrada. No obstant això, no n'hi havia senyals, si més no, jo no n'havia vist cap.

Una bruixa més entrenada reconeixeria fàcilment les entremaliadures màgiques, però era un desastre amb els encanteris. Sempre havia volgut practicar més, però la vida semblava ficar-se pel mig. Sobretot darrerament. A mesura que les coses avançaven entre el Tyler i jo, tota la resta quedava en segon pla. Pensar en el meu atractiu xicot em va fer somriure. El Tyler Gates era també el xèrif del poble. Estaria ocupat tot el dia amb el poble ple de tota la gent de la pel·lícula.

Vaig planejar anar a veure la tieta Amber al seu camerino per tractar d'esbrinar alguna cosa més. L'hostal estava tranquil i obscur mentre caminava, els clients encara no havien despertat per desdejunar. Encara quedaven unes quantes hores. Tenia molt de temps per veure el set de rodatge al carrer principal.

Vaig baixar el turó gaudint de la quietud de les primeres hores del matí. Encara estava obscur, així que vaig utilitzar una llanterna per trobar el camí envoltat d'arbres que serpentejava cap avall. Vaig arribar a la carretera que arribava al centre i em vaig dirigir al carrer principal. A mesura que m'apropava, vaig veure figures movent-se ràpidament d'una banda a l'altra del carrer. Pel que semblava, l'equip de la pel·lícula també havia estat despert tota la nit.

Els carrers, normalment deserts, es trobaven plens de personal descarregant camions i configurant la il·luminació i l'equip. Els camerinos mòbils estaven aparcats front al banc. Vaig escrutar el carrer cercant la melena pèl-roja de la meva tieta, però no en vaig veure senyals. Vaig suposar que estaria al seu camerino.

Em vaig dirigir al set de rodatge que, tècnicament eren només els dos blocs centrals del carrer principal de Westwick Corners. Els edificis de rajols i pedra de principis del segle XX s'alineaven al llarg del carrer. L'edifici del banc, compost per tres plantes, era l'edifici més alt del poble i la localització de la primera escena d'*Atracament a migdia*. Havien instal·lat tot tipus de càmeres i focus per tot l'edifici i hi havia dotzenes de persones corrent per tot arreu.

Rodar a Westwick Corners tenia certs avantatges. Els edificis havien estat intactes durant dècades. Simplement no hi havia diners per renovar-los ni construir-ne de nous. El carrer principal era bastant pintoresc d'un mode oblidat i descolorit. Els edificis descuidats lluïen les mateixes finestres i tapissos que tenien a principis del segle passat. Tot estava exactament igual, només una mica deteriorat. Els visitants sovint deien que vindre era com retrocedir en el temps.

Excepte que ara els rajols havien estat polits amb sorra, els embellidors de fusta estaven acabats de pintar i els edificis lluïen una senyalització pròpia de principis del segle XX. Fins i tot l'asfalt havia estat cobert amb un pam de terra de manera que semblés un camí.

Tot això havia ocorregut de la nit al matí i costava creure que tot havia estat cosa de l'equip de filmació, sens dubte, la tieta Amber hauria contribuït amb un toc màgic. Però sense importar com hagués ocorregut, el rentat de cara del nostre poble em va dibuixar un somriure al rostre.

Els pocs vestigis de modernitat havien estat amagats o esborrats. Semblava que els problemes financers del nostre poble en fallida s'havien resolt durant la nit. La pel·lícula havia pagat generosament pel rodatge, i l'elenc i l'equip també portaven diners a Westwick Corners. Fins i tot teníem clients a l'hostal, i altres empreses locals també se'n beneficiaven. La pel·lícula i el rentat de cara del poble podien fer que tornés a estar en nombres positius.

Em vaig dirigir a la furgoneta de menjar de la mare estacionada uns metres més enllà. Era una furgoneta de l'estil dels anys seixanta amb un rètol a una banda que deia «Ruby's Burgers». Sota les lletres hi havia un mostrador obert que revelava una cuina completa d'acer inoxidable a l'interior. Quan em vaig apropar es va obrir la porta i va sortir la mare.

Em va sorprendre veure-la al poble i no a l'hostal, però de vegades les bruixes podien estar en dos llocs alhora. O fer que ho semblés. Es tractava d'una il·lusió bastant efectiva.

—Cen, has vist l'Amber?

La mare es va espolsar la farina del davantal de margarides que li cobria la samarreta descolorida i els texans brodats desgastats. Sempre vestia com una *hippie* moderna, però al mateix temps semblava anar a l'última moda.

Vaig fer que no amb el cap.

—Just l'estic buscant. Anava a mirar al seu camerino.

També esperava fer-me una idea d'on es trobaven la resta dels camerinos de les altres estrelles. Potser pogués entrevistar algú abans de començar el rodatge.

—Digues-li que passi quan pugui. Necessito algú que vigili les coses una estona.

Era el codi secret de la mare per cuidar de la tieta Pearl i que no malbaratés res amb les seves entremaliadures. La tieta Pearl odiava els turistes, encara que portaven diners al poble. Segur que tot l'assumpte de la pel·lícula la posava dels nervis.

Encara que la mare podia estar en dos llocs alhora, per dir-ho d'alguna manera, era massa atendre l'hostal, la furgoneta i vigilar la tieta Pearl al mateix temps. Fins i tot la seva velocitat d'una fracció de segon deixava massa temps a la Pearl sense supervisió. Els poders de la mare eren una benedicció quan es tractava d'obtenir avantatge al càtering, però no eren res en comparació amb els poders de la tieta Pearl. I aquesta no tenia la costum de canalitzar-los de manera productiva.

La mare va assenyalar amb la mà els seients al voltant de la furgoneta.

—¿Què et sembla?

Havien instal·lat una dotzena de taules rodones i cadires al voltant de la furgoneta sota l'ombra d'un gran salze. Semblava una zona còmoda amb jocs de taula de quadres vermells i gerros amb clavells blancs i vermells adornant cada taula. El pla de la mare era deixar-ho tot preparat al càtering per a l'esmorzar de mitjan matí i tornar a l'hostal per servir el desdejuni als hostes.

—Sembla que ho tens tot controlat. Necessites ajuda amb el menjar?

Sabia que no, cuinava de mort.

Però podíem morir si deixaven la tieta Pearl a càrrec de la barbacoa.

—Tranquil·la, Cen. Ho tinc tot controlat.

La tieta Pearl va vindre cap a nosaltres, agafant les pinces de la barbacoa com si fossin un arma.

Anava a preguntar-li perquè estava cuinant de bon matí quan la mare em va cridar l'atenció. Es va posar un dit als llavis indicant-me silenci. Les hamburgueses es llençarien a perdre, però era un petit preu que pagar per mantenir ocupada la tieta Pearl.

—Cen, arribes just a temps per a esmorzar. Agafa un pastís. —La tieta Pearl va assenyalar una taula rectangular al costat de la furgoneta. Estava ple de pastissos, condiments i amanides—. És la meva recepta secreta d'hamburgueses a la brasa.

—No és ni hora de desdejunar —vaig protestar—. Què em dius d'un cafè?

Em va ignorar i va fer mitja volta, estranyament aliena a les flames de quasi un metre que s'aixecaven des de la barbacoa darrere d'ella. El foc s'apropava perillosament a les branques del salze que penjaven de les altures.

—Compte!

Les branques més baixes treien fum i crepitaven mentre volaven les espurnes. Vaig mirar al voltant cercant alguna cosa per apagar les flames, però la mare se'm va avançar. Va xiuxiuejar unes paraules i en pocs segons s'havia extingit el foc.

La tieta Pearl era piròmana i li encantava tindre públic. Sempre feia qualsevol cosa per atreure l'atenció. Generalment això incloïa màgia o foc, o, molt sovint, totes dues coses. Sobretot li agradava fer-me empipar, així que volia ignorar-la. Però em resultava impossible quan la seguretat estava en joc. Vaig mirar els treballadors de la pel·lícula. Per sort, estaven massa immersos en les seves tasques com per haver vist el breu foc.

—Tranquil·litza't, Cen. Hauria arreglat qualsevol cosa que se'm sortís de mans. Sempre reacciones de manera exagerada.

—Prefereixo que no passi res, en primer lloc. —Vaig observar el plat d'hamburgueses carbonitzades al seu costat—. Ningú es menjarà això. Estan massa cremades.

La mare es va llençar sobre el plat.

—A alguns els agraden les hamburgueses molt fetes. Les guardaré dins fins que sigui l'hora.

Aquelles hamburgueses anirien directament a les deixalles, però això la tieta Pearl no ho sabia. Vaig calcular mentalment la quantitat d'hamburgueses per hora que la meva tieta podia cuinar abans de migdia. Era un mètode car per mantenir-la controlada, però reduïa el cost dels danys. La tieta Pearl era capaç de causar estralls si volia. Almenys, pel que feia a les hamburgueses, estaria vigilada per la mare.

Em feia por pensar en els altres desastres que la tieta Pearl hauria planejat per detenir el rodatge. Malgrat la seva actitud servicial, sabia que l'únic que volia era expulsar els intrusos de la ciutat. Detestava pensar en els plans que tindria reservats per al nostre hostal completament ple, on era la cap de neteja.

Aquella feina va ser idea de la mare, va pensar que així no interactuaria amb els clients. Malauradament, això li donava accés il·limitat a les habitacions i una gran quantitat d'oportunitats de fer entremaliadures amb sabó i xampú i carregar programes de pagament als comptes dels clients. Probablement tingués idees molt pitjors en ment, però la ignorància era una meravella i no volia ni pensar que hi hauria al seu cap.

El problema més immediat eren les seves entremaliadures amb la barbacoa. Em feia por preguntar, però ho vaig fer de totes formes.

—Què fas aquí? Creia que la tieta Amber t'havia aconseguit una feina al set.

Ja havien discutit?

La tieta Pearl em va ignorar mentre llençava altra mitja dotzena d'hamburgueses a la graella i encenia el gas.

La tieta Amber havia promès mantenir ocupada la seva germana major tot el dia. No obstant això, allà era la tieta Pearl, a l'espera dels problemes. Era un huracà de quaranta quilos cercant un lloc on aterrar. Els turistes i l'equip de la pel·lícula eren l'enemic per a ella. La seva presència a la furgoneta no era una coincidència. Esperava que no aplegués tan lluny com per a enverinar ningú.

—L'Amber li ha aconseguit una bona feina amb l'utillatge, però la Pearl es nega a acceptar-la. —La mare es va col·locar una grenya rossa que li sortia per sota del seu brillant mocador fúcsia i turquesa—. Diu que no és suficient per a ella.

—T'equivoques, Ruby. No l'he rebutjada —digué la tieta Pearl aixecant el tenedor en l'aire i quasi colpejant una branca de l'arbre—. Em va enredar quan em va explicar la feina. Se suposava que seria cap de pirotècnia, no una ajudant que vigila una caixa de joguines. No m'estranya que l'Amber m'eviti. Me les pagarà.

—No pots ser cap de pirotècnia, no tens experiència en pel·lícules —vaig sospirar. La rivalitat entre les germanes no tenia límits—. Segur que la tieta Amber només volia ajudar.

La tieta Pearl va bufar i va afegir el líquid del pot que tenia al maluc a la barbacoa. Les flames van saltar una fracció de segon més tard. Les mirava encantada mentre s'aixecaven cada vegada més des de la graella. Semblava en tràngol.

—Compte!

Se'm eriçar el coll. La meva tieta detestava les figures d'autoritat, tant les formals com les informals. També era una piròmana en rehabilitació, així que la idea que s'apropés al foc em feia venir esgarrifances.

Les flames van disminuir quan el combustible es va consumir i la tieta Pearl va sortir del tràngol.

—Has dit alguna cosa?

Ens va somriure dolçament.

—L'utillatge és una gran oportunitat, Pearl. Per algun lloc has de començar —va dir la mare apagant la barbacoa—. Pots afegir aquesta experiència al currículum.

—L'Amber no té experiència —va replicar la tieta Pearl—. Com ha obtingut un paper protagonista?

Jo també m'ho preguntava, però li vaig dir:

—Estàs gelosa.

—No ho estic.

Vaig girar els ulls en blanc.

—Sempre heu de competir entre vosaltres?

Les dues germanes de la mare tenien seixanta i setanta anys, i la tieta Pearl era la major. La seva intensa rivalitat no s'havia apagat en absolut amb els anys. De fet, cada vegada era més forta. No podien estar en la mateixa habitació cinc minuts sense estirar-se els cabells mútuament. La mare sempre acabava la discussió i feia de mediadora malgrat ser la més jove.

—M'agradaria que no fóssiu tan competitives —va dir la mare—. Totes dues sou bones en coses diferents, això és tot. Us complementeu.

Vaig esbufegar involuntàriament i em van mirar.

—Tinc experiència de vida, Ruby. També soc bruixa, i una de bona. No estic disposada a treballar per a un incompetent que no sap què dimonis fa.

—Et refereixes al cap d'utillatge? Clar que sap el que es fa. Té anys d'experiència, com tota la resta dels que són aquí. Són professionals.

La mare va assenyalar el set de rodatge amb el cap.

—Puc provocar efectes especials. Els seus fan pena.

La tieta Pearl va fer un gest amb la mà i les flames es van tornar a disparar.

La mare les va apagar.

—Deixa els trucs de banda un parell de dies, si us plau. Els membres de l'equip no saben que som bruixes i millor que segueixi així.

—Però el Bill no sap el que es fa. A aquest ritme trigaran una eternitat en filmar —va dir amb el front arrufat—. Només volia ajudar una mica per a alleugerar el procés. Però rebutgen tots els meus suggeriments.

—No intentes res per venjar-te, tieta Pearl.

No tenia ni idea de qui era el Bill ni de perquè deia que era un incompetent, però vaig pensar que qualsevol que treballés en una pel·lícula de tal magnitud havia de ser bo al seu treball. O més probable, excel·lent. Tothom volia treballar en la indústria cinematogràfica i la competència pels llocs de treball era ferotge.

—La Cen té raó. No pots descobrir el nostre secret —va afegir la mare—. Fes una bona feina i guanya't el seu respecte. Almenys l'Amber t'ha aconseguit un treball.

La tieta Pearl va fer que no amb el cap.

—No puc fer-ho. No penso comprometre la qualitat. Tinc uns estàndards, ja ho saps.

No sabia de quins estàndards parlava. Potser una altra feina fos massa estressant per a ella. Westwick Corners era tan petit que molts habitants tenien diverses feines. Tots havíem de ser emprenedors perquè la economia local era inexistent.

La família West no era diferent, ja que tots ajudàvem a dirigir l'hostal i el bar, Embruix, a més d'altres feines. Sempre necessitàvem diners per a arribar a fi de mes. Probablement aquella fos la raó per la qual la tieta Amber ens havia involucrat a totes en la pel·lícula.

A totes excepte a mi, és clar. Em vaig sentir una mica decebuda perquè la tieta Amber no m'hagués aconseguit una feina a mi també, però, en certa manera, era un alleujament. La majoria de les aventures de la família West solien acabar en descontrol. Preferia mirar des de la distància.

Però així i tot.

Per què a mi no? Era perquè no practicava suficient la màgia? És veritat, vaig desertar de l'Escola d'Encanteri Pearl, però castigar-me per ser una bruixa gandula em semblava massa extrem. Potser la tieta Amber no creia que fos prou bona, però confiar en la tieta Pearl en una feina abans que en mi era tan sorprenent com molest. Potser que fos el mode de la tieta Amber de fer-me un toc d'atenció, però aquella perspectiva em dolia.

Vaig veure com la tieta Pearl treia les hamburgueses ennegrides de la graella i les posava en un plat. Ràpidament en va llençar mitja dotzena a la graella.

—Potser no deuries treballar en la pel·lícula després de tot. Què faran els teus alumnes?

L'Escola d'Encanteri Pearl no tenia cap estudiant i era un fracàs, malgrat que la tieta Pearl afirmés el contrari. De fet, tots els nostres negocis tenien problemes seriosos, fins i tot el Westwick Corners Weekly. El rodatge de la pel·lícula era l'esdeveniment més important que havia viscut en el poble dècades i tots volíem —més aïna, necessitàvem— formar-ne part.

—Necessitava un descans de l'ensenyança. Ja saps que m'avorreixo de seguida —va respondre la tieta Pearl—. Els meus estudiants posen a prova la meva paciència.

—I açò és millor? —vaig preguntar estudiant la meva tieta de cabells canosos—. Estàs cuinant hamburgueses en una barbacoa. I no pares de queixar-te.

—No és millor en absolut, Cendrine. A això em refereixo —protestà la tieta Pearl—. Se suposava que la feina d'efectes especials seria una sortida per a la meva vena creativa. L'Amber em va prometre control absolut. Va dir que si l'ajudava a treure endavant la pel·lícula faria que valgués la pena. I després em menysprea donant-me una feina molt per sota dels meus talents i capacitats.

Em vaig sentir temptada de preguntar-li com havia ajudat exactament la tieta Amber perquè la pel·lícula es rodés a Westwick Corners, però la nostra discussió ja s'estava desviant.

—No pots usar la màgia. Ni foc.

Vaig tenir la sensació que qualsevol ajuda que hagués proporcionat la tieta Pearl vindria amb condicions. Hi havia coses que era millor no saber.

—Saps que no faria això, Cendrine. —Va treure el llavi inferior simulant que ploriquejava i va moure els ulls com feia sempre que mentia—. Sempre segueixo les normes.

Em vaig mossegar la llengua evitant començar una discussió. Probablement la tieta Pearl hagués envestit la tieta Amber amb la feina d'utillatge i l'hagués amenaçat amb una cosa pitjor. La seva decepció només podia significar que podíem esperar algun altre tipus de venjança. No tenia clar quines serien exactament les represàlies, però tots temíem els atacs de «creativitat» de la tieta Pearl. Hi havia un fina línia entre cedir a les seves demandes i mantenir-la allunyada dels problemes. No era d'estranyar que la tieta Amber li hagués aconseguit una feina d'ajudant d'utillatge.

També era la raó per la qual la mare l'havia posada a càrrec de la barbacoa. Si la tieta Pearl volia jugar amb foc, el millor era que ho fes sota la seva supervisió.

# CAPÍTOL 2

*L*a mare i jo vam deixar a contracor la tieta Pearl a la furgoneta i vam anar cap a l'hostal per desdejunar. Era estrany tenir-lo completament reservat com estava aquell dia. La majoria de l'elenc i l'equip havien optat per allotjaments més moderns a una hora de distància a Shady Creek, però alguns havien decidit quedar-se al poble. Entre els nostres clients hi havia personalitats molt importants i volíem treure tota l'artilleria per causar una bona impressió. Esperàvem animar la gent a tornar i potser aconseguir certa publicitat gratuïta.

Vaig ratllar formatges per a les coquetes mentre la mare tallava les verdures. Havíem agafat un bon ritme quan una veu aguda ens va interrompre:

—Com heu pogut deixar-me aquí sola? —va preguntar la silueta fantasmal de l'àvia Vi revolant d'una banda a l'altra de la cuina—. No m'agraden els intrusos, què fan aquí?

—Estan rodant una pel·lícula, àvia. És temporal.

Em va sorprendre que la tieta Amber no l'hagués informat abans sobre la pel·lícula, però la veritat és que no ens havia fet gaire cas a ninguna.

—No tinc uns dies. Vull que us desfeu de tota aquesta gent.

El seu aspecte es va esborronar com ocorria sempre que s'enfadava. L'àvia mai havia perdonat la mare per haver convertit la llar familiar en un hostal. I això era la cirereta del pastís.

—Ets un fantasma, àvia. Tens tot el temps del món.

L'àvia vivia amb mi a la casa de l'arbre. Encara que pugui semblar que un fantasma és el company de pis ideal, era molt difícil conviure amb l'àvia Vi. Competia constantment per la meva atenció quan teníem hostes i es queixava de la soledat quan estàvem les dues soles.

—No m'ho recordis. Deixa la casa com estava.

Es referia a l'hostal, que no havia canviat excepte per la presència dels clients.

—Hem de guanyar-nos la vida d'alguna manera, àvia. Se'n aniran prompte.

Em sentia malament per ella, però les nostres necessitats econòmiques superaven els meus sentiments. O rentàvem les habitacions o ens mudàvem a un altre poble amb més oportunitats.

—Prompte és dos dies més tard del que puc suportar. Intento ser pacient, però ja s'han passat. N'he tingut prou. Ara em toca a mi donar l'espectacle —va dir mentre es dirigia a la porta del menjador.

Vaig córrer cap a la porta i la vaig blocar amb el meu cos.

—Espectre, àvia. Ets un espectre, no un espectacle. Si us plau, no entris. T'ho compensaré d'alguna manera, t'ho prometo.

Vaig mirar la mare però estava d'esquenes front a la graella preparant el desdejuni.

—Saps que puc travessar-te, Cen. —Flotava a quinze centímetres de la meva cara—. No m'obliguis a fer-ho.

—D'acord, està bé. Per què no fem pocions més tard? —El suborn era la meva única arma. L'àvia podia causar estralls si no se'n sortia amb la seva—. Fa temps que no en fem.

L'aura de l'àvia s'il·luminà immediatament d'un feliç groc sol.

—M'encantaria. Farem pocions d'amor i encantarem tots els membres de la pel·lícula. —Va riure com una adolescent—. Pensa en tots els problemes que causarem.

—Sona divertit!

La meva veu va sortir una mica més aguda del normal, així que esperava que sonés convincent. No tenia intenció d'usar la màgia amb l'equip de la pel·lícula sense que se'n assabentessin, però l'àvia Vi no tenia perquè saber-ho.

—Potser podríem fer-ho demà, quan les coses es calmin una mica.

Va negar amb el cap lentament.

—No. Hauràs de pensar alguna cosa millor. Què se suposa que he de fer mentrestant?

—Per què no tries unes sèries o pel·lícules per veure? Podríem fer un marató *d'Embruixada* o de *La bella geni* aquesta nit. Per a inspirar-nos.

Vaig allargar la mà per donar-li una palmada, però, naturalment, la meva mà la va travessar.

—Això és tot el que tens? No mereix la pena —digué l'àvia Vi—. A més, no estic d'humor per comèdia. De fet, no m'importaria desfogar-me espantant uns quants per allà. Crearé el meu propi drama.

—Si us plau, àvia, no.

Vaig aixecar les mans en senyal de protesta. Era obvi d'on havia tret la seva actitud la tieta Pearl, però també estava clar que l'àvia Vi havia arribat massa lluny. Vaig baixar la veu perquè la mare no m'escoltés.

—Potser podries llençar-los un encanteri a la tieta Amber i a la tieta Pearl. Perquè es portin millor.

—Mmmm.

Va flotar cap al sostre, submergida en els seus pensaments. Un parell de segons després es va posar a cinc centímetres de mi.

—És molt bona idea, Cen. Aprendràs alguna cosa nova i les meves filles es portaran bé per una vegada.

—Fet —vaig dir—. Agafaré algunes plantes del jardí i ens veurem a la casa de l'arbre per la nit.

Les pocions eren l'única part de la bruixeria amb la qual em sentia realment còmoda, encara que dubtava que hi hagués una poció prou forta per a eliminar els límits de les fortes personalitats de les meves tietes. Semblava satisfer l'àvia Vi, almenys de moment.

—Ta-txan.

La imatge de l'àvia Vi es va esvair.

Vaig tornar a pensar en la tieta Pearl. Deixar-la sense supervisió amb l'equip de la pel·lícula era arriscat, però no teníem elecció. Almenys encara era prompte i a aquelles hores estava d'un humor més civilitzat i menys propens a actuar. La barbacoa havia satisfet la seva necessitat de foc pel moment.

Necessitàvem dues persones a l'hostal, una per a cuinar i una altra per servir el desdejuni. Com a cambrera, tenia una intenció oculta, i era aconseguir entrevistes amb els nostres clients més famosos. Aleshores potser, i només potser, un dels meus articles cridés l'atenció dels lectors i obtingués bons resultats. Ja tenia bastants articles pensats sobre el rodatge de la pel·lícula i escrits sobre les estrelles de cinema. L'únic que necessitava era conèixer-ne alguns mentre servia el desdejuni.

El que volia per sobre de tot era conèixer l'Steven Scarabelli, el llegendari productor que s'allotjava al nostre hostal. Però això no ocorreria, almenys de moment. Me l'havia perdut per uns minuts, ja que s'havia saltat el desdejuni i havia marxat al set mentre cuinàvem.

Afortunadament, a la mare i a mi no ens va portar gaire temps atendre els clients i vam tornar prompte a la furgoneta. El carrer major arrebossava d'activitat i havien pintat més edificis durant la nostra absència. Les noves façanes del carrer contrastaven amb la resta dels carrers. Allà els edificis abandonats romanien tapiats i la pintura es desprenia de les façanes de fusta.

Vaig sentir una onada d'esperança, satisfeta per veure que la pel·lícula ja havia tornat la vida a Westwick Corners, encara que el rodatge no hagués començat. La població del poble havia disminuït de milers a centenars en l'última dècada, i la manca de llocs de treball allunyava els joves tan prompte com acabaven l'escola. Alguns anaven a la propera Shady Creek i altres anaven més lluny fins a Seattle. Però la pel·lícula podia invertir la tendència. La nostra sort estava a punt de canviar a millor.

Si a l'equip de la pel·lícula li agradava el nostre poble, tornarien. Podríem convertir-nos en un Hollywood del nord. La pel·lícula suposava un gran impuls econòmic, una oportunitat d'or que havia caigut a les nostres mans. Una pel·lícula podia portar a una altra i proporcionar feina i beneficis. Les bruixes podien fer moltes coses, però no fer aparèixer diners. L'èxit seria nostre si no el malgastàvem.

Vaig deixar de banda els meus pensaments quan ens vam apropar a la furgoneta. Un centelleig vermell em va cridar l'atenció. Era tan brillant que es reflectia al camió blanc i vaig haver de protegir-me els ulls. Quan em vaig apropar en vaig veure l'origen. Una dona espectacular amb els cabells d'un ros platinat i un vestit vermell de lluentons plantada davant de la furgoneta.

Primer vaig pensar que seria una de les actrius, però quan ens vam apropar més, vaig veure que no era el cas. Una sensació de malestar se'm va formar a la boca de l'estómac.

La mare també ho va veure.

—No! Li vaig dir a la Pearl que la Carolyn no era benvinguda. Per què sempre ha d'arruïnar les coses?

No tenia resposta. La Carolyn Conroe era l'alter ego de la tieta Pearl, una creació semblant a la Marilyn Monroe de trenta anys en la que la tieta Pearl es transformava cada vegada que anhelava atenció. Sobretot, si era atenció masculina.

La tieta Pearl afirmava que odiava els homes, però al mateix temps semblava estar vivint una estranya fantasia indirectament a través de la Carolyn Conroe. M'avergonyia mirar, encara que tota la resta semblaven aliens a les seves entremaliadures.

El seu vestit cenyit de lluentons accentuava les seves corbes mentre passejava amb una safata plena d'hamburgueses. Feia senyes als homes com un cant de sirena que atreia un flux constant d'admiradors que caminàvem com a zombis cap a la furgoneta. En vaig contar almenys dues dotzenes, cap d'ells era del poble, així que vaig assumir que eren part del rodatge. Dubtava que treballessin molt en aquell moment.

La Carolyn havia paralitzat la pel·lícula amb hamburgueses de vedella i una melena platinada. Si volíem impressionar els peixos grossos de Hollywood havíem d'evitar aquest tipus d'interrupcions. El nostre futur depenia que la pel·lícula es rodés sense problemes.

Quan ens vam apropar vaig veure millor els admiradors de la Carolyn. Alguns d'ells estaven pràcticament bavejant mentre la miraven fixament, com si estigués en tràngol.

—Almenys sabem què esta fent.

—Cert —va dir la mare—. I així podem mantenir-la allunyada de l'Amber. La seva competitivitat podria eixir-se'n de mà i arruïnar-ho tot.

Vaig assentir. Un concurs de bellesa sobrenatural era l'última cosa que necessitàvem, amb les dues germanes intentant superar-se mútuament. Principalment era la tieta Pearl qui instigava les coses. Estava ressentida perquè la seva germana petita fos més atractiva i tingués una carrera molt més exitosa.

Em va sorprendre que la tieta Pearl s'atrevís a convertir-se en la Carolyn Conroe amb la tieta Amber prop. Tècnicament, la seva transformació era una violació de les regles de l'AIAB. Hi havia pocs casos en els quals una bruixa tenia permès fer-se passar per una altra persona, ja fos real o imaginària. Com que la tieta Pearl trencava constantment les regles, ja havia rebut dos avisos dels tres permesos aquell any. Com a vicepresidenta de l'AIAB, la tieta Amber era molt estricta amb les regles. No volíem un enfrontament.

—Buscaré la tieta Amber. He de parlar amb ella.

Vaig fer una ullada al carrer i em vaig sentir alleujada per no veure-la prop. Així podria trobar-la abans que veiés la Carolyn.

La Carolyn estava asseguda en una de les taules de l'àrea de menjar, posant de forma suggeridora amb un generós tros de pell deixant-se veure per l'obertura del maluc del seu vestit de nit.

No podia deixar la mare sola amb ella.

La quantitat de taules s'havia duplicat durant la nostra absència, òbviament a causa de la tieta Pearl i les seves entremaliadures destinades a atreure homes. Estaven plenes d'hamburgueses, sandvitxos, amanides i begudes fredes. Alguns s'havien servit entrepans, però la majoria simplement contemplava bocabadat la Carolyn, ignorant feliçment el fet que havien estat enganyats. Era una gran gesta, ja que l'equip de rodatge veia les sensacionals actrius de Hollywood a totes hores.

Em vaig apropar a la taula de la Carolyn i li vaig passar un braç per sobre. La vaig allunyar dels seus admiradors.

—Per què fas açò? Estàs alterant l'horari de rodatge.

Els llavis carmesí de la Carolyn es van posar forma de O, es va portar els dits a la boca i va posar un semblant innocent.

—No estic fent res. No puc evitar que aquests homes tinguin fam.

—No tenen fam, tenen... igual té. —La vaig mirar— No m'enganyis, tieta Pearl. Sé què trames.

—Deixa d'anomenar-me així, el meu nom és Carolyn. I no tinc la menor idea del que estàs dient.

Es va pentinar els cabells platinats amb una mà amb la manicura perfecta. Les seves ungles lluïen exactament amb el mateix to carmesí que els seus llavis i el seu vestit.

—Ja ho entenc. Segur que has parlat amb l'Amber. Ara ni tan sols puc cuinar? Està clarament gelosa i preocupada per si l'eclipso.

—No, encara no he vist la tieta Amber, però dubto que estigui gelosa de tu. Ara torna al teu aspecte normal o hauré de prendre mesures dràstiques.

—Deixa de queixar-te, Cendrine. Vull divertir-me una mica per una vegada. Almenys tens una feina que et va bé.

La mare va tornar a sortir de la furgoneta sentint els problemes. Es va apropar a la Carolyn només perquè pogués veure la seva expressió. Va posar els ulls en blanc, però no va dir res.

Sabia que no devia caure en les tècniques de distracció de la tieta Pearl, però no va poder evitar-ho.

—Per què de sobte creus que la meva feina em convé? Vas dir que el meu periòdic estava condemnat a mort.

—Està tan condemnada com la teva vida —va dir arronsant les espatlles—. No tens ambició per res més gran. No practicaràs la màgia, et conformaràs amb aquell xèrif xicot teu i ets molt difícil. Ja deuries saber-ho a aquestes altures, però t'ho repetiré: arreplegues el que sembres.

Com si fos un senyal, vaig veure el xèrif Gates caminant enèrgicament cap a nosaltres. Quan es va apropar, vaig veure que el meu xicot, normalment tranquil, estava enfadat. El seu somrís habitual havia estat reemplaçat per un front arrugat. No era l'únic amb molta feina aquell dia.

Em vaig girar cap a la tieta Pearl amb el rostre vermell d'ira.

—Només perquè no volia anar a l'Escola d'Encanteri Pearl no vol dir que no tingui futur. Les teves distraccions tampoc no funcionaran. Ja saps com d'important és aquesta pel·lícula per a tot el poble. No pots ser tu mateixa per una vegada?

—No, així no... —La mare es va detenir a mitja frase quan les flames sortiren de la barbacoa.

—Oh, oh —la Carolyn es va portar les mans a la boca—. ¡Ajuda!

La vaig allunyar de la barbacoa quan les flames van assolir quasi tres metres.

—Tieta Pearl!

—T'he dit que no em diguis...

La vaig ignorar i la vaig allunyar.

—Incendiaràs tot el set.

Dos dels homes que estaven a prop es van treure les camises i van córrer cap a la barbacoa. Entre tots dos van sufocar les flames.

—Ai, mare!

La tieta Pearl es va desmaiar realitzant la seva millor imitació de Scarlett O'Hara.

Un dels homes va córrer al seu costat.

—Es troba bé, senyoreta?

Li va passar un braç protector pels muscles i la va guiar lluny de la barbacoa.

—Què hi ha de nosaltres? —em va preguntar la mare, molesta.

—Suposo que som invisibles.

Vaig observar les restes carbonitzades de la barbacoa preguntant-me quantes vegades ocorreria alguna cosa així aquell dia.

—Impossible.

El Tyler em va abraçar. Coneixia el secret de la nostra família, i això feia que ser bruixa fos una mica més fàcil.

—Tanmateix, crec que serà millor que busqueu una nova feina per a la Pearl. Una que la mantingui fora de qualsevol cosa inflamable.

La mare va negar amb el cap.

—No sé què fer, Tyler. Es nega a fer qualsevol feina que l'Amber li aconsegueix, i no pot treballar amb mi si fa malbé el menjar. La forma en que ha encès la barbacoa...

—Deixa-m'ho a mi. Pensaré alguna cosa —vaig dir—. I la tindré vigilada.

—Bé —va respondre el Tyler—. Perquè el Brayden em vigila amb ull de falcó. I ha promès acabar amb mi si alguna cosa va malament.

El Brayden Banks era l'alcalde de la ciutat i el meu ex promès. Li molestava que el Tyler i jo sortíssim junts i constantment buscava excuses per acomiadar-lo.

—Només vol causar problemes.

Vaig sentir pena per el Tyler. No podia guanyar de cap manera. Si hi havia algun problema durant el rodatge de la pel·lícula, el Brayden trobaria el mode de culpar el Tyler. Si era un èxit, el Brayden s'emportaria tot el mèrit.

Vaig tornar a centrar la meva atenció en la tieta Pearl i en la seva situació laboral. Havia de mantenir-la ocupada, però com? Una bruixa experta com la tieta Pearl podia fer molt de mal i les seves entremaliadures podien fer que no es rodessin més pel·lícules a Westwick Corners en el futur. Això no era bo per a ningú.

Al cap i a la fi, la idea de la tieta Amber d'una feina en el set era probablement la nostra millor aposta degut al mal geni de la tieta Pearl. Podria supervisar-la i veure el rodatge alhora. La feina d'utillatge també tenia interacció limitada amb altres persones. Només havia de convèncer la tieta Pearl que la seva feina era tan important com el paper d'actriu de la tieta Amber.

—Parlaré amb l'Amber —vaig dir—. Segur que podem trobar alguna cosa.

Després de tot, podíem combatre el foc amb foc.

# CAPÍTOL 3

No vaig poder evitar sentir-me orgullosa quan vaig veure la tieta Pearl caminant lentament pel carrer en direcció a casa. Després de llençar un encanteri desmemoriant per esborrar-li la memòria a curt termini, la vaig enviar en un fals encàrrec a l'Escola d'Encanteri Pearl. Això em donaria una mica de temps per localitzar la tieta Amber i recuperar la feina d'ajudant d'utillatge de la tieta Pearl.

Només que aquesta vegada, implantaria un record fals per fer creure la tieta Pearl que havia sigut idea seva. Em vaig sentir una mica culpable fins que vaig recordar que ella em feia aquest tipus de coses contínuament. S'ho mereixia per infravalorar els meus poders. Encara que em considerava una bruixa mediocre, havia estat practicant les meves habilitats en secret durant els darrers mesos. Finalment estava començant a donar fruits.

L'encanteri desmemoriant era complicat perquè havia d'encantar també qualsevol altra persona involucrada. Els admiradors masculins de la meva tieta recordarien haver arribat fins a la furgoneta i trobar-se-la tancada sense ningú al voltant.

Acabava de burlar una bruixa experta amb un encanteri propi. No calia dir que n'estava orgullosa.

El meu encanteri havia esborrat els darrers deu minuts de la seva vida. Les taules de menjar, els homes... tot se'n havia anat. Fins i tot la Carolyn se n'havia anat. La tieta Pearl havia recuperat espontàniament el seu malhumorat estat habitual. L'única prova restant de les hamburgueses de la Carolyn era la barbacoa socarrada, una cosa que la mare podia arreglar fàcilment en un tres i no res. La tieta Pearl estaria orgullosa de mi, i empipada per ser el subjecte del meu encanteri.

La tieta Pearl es comportava sovint com una nena de dos anys tancada en el cos d'una dona de setanta. El seu alter ego Carolyn Conroe era el seu mode d'actuar. Ens preocupava que atragués massa atenció com a Carolyn o que la repel·lís com a ella mateixa.

Suposo que hauria d'haver anticipat el seu avorriment, ja que la mare i jo ens havíem fet càrrec temporalment de la seva feina de manteniment a l'hostal i li havíem donat massa temps lliure. Massa temps per ficar-se en problemes. I massa temps per a reflexionar sobre el paper en la pel·lícula de la tieta Amber. No era d'estranyar que fos molesta. En part em sentia culpable.

Vaig decidir prendre un cafè de la furgoneta abans de dirigir-me al set de rodatge. Acabava de fer mitja volta quan vaig sentir una glopada d'aire a l'esquena.

—Cendrine!

La tieta Amber es va materialitzar de sobte davant de mi, blocant-me el camí a la meva dosi de cafè molt necessària. Portava els cabells vermells recollits cap a enrere i lluïa un parell d'arracades de diamants amb un collar a joc. Fins i tot amb la seva bata de seda tenia tot el glamur d'una estrella de cinema dels anys cinquanta.

Excepte que la pel·lícula era un western ambientat a principis del segle XX. Els seus diamants i sabates de taló alt semblaven totalment inapropiats per a al carrer polsós.

—No deuries estar preparant-te per a l'escena?

Va moure la mà amb desdeny.

—Necessito ajuda urgentment. No trobo el meu assistent.

—Això és un problema.

Vaig decidir renunciar al cafè i em vaig dirigir al set. Vaig passar per sobre del cablejat elèctric mentre escodrinyava el carrer, esperant en part que aparegués una carrossa de Ventafocs estirada per cavalls al rescat de la tieta Amber. Afortunadament, res d'això va succeir, però alguns dels admiradors de la Carolyn rondaven al nostre voltant. No semblaven veure'ns.

—Potser la tieta Pearl et pot ajudar. Deuria tornar en qualsevol moment.

La tieta Amber va bufar.

—No pots estar parlant seriosament. Té la capacitat d'atenció d'un mosquit. Necessito algú més detallista. Algú en qui pugui confiar per fer una bona feina.

Vaig mirar al meu voltant.

—Buscaré per si trobo el teu ajudant.

—Algú com tu.

La tieta Amber va posar una gran quantitat de vestits als meus braços i quasi em fa caure.

—Porta açò al meu camerino. Els necessitaré planxats i llestos en una hora.

—Ho sento, tieta Amber. No tinc temps.

Vaig tractar de tornar-li els vestits, però em va empentar més fort. Vaig trontollar un instant abans de recuperar l'equilibri. Vaig recolzar tot el meu pes en ella, però no es va moure.

—Troba el temps, Cendrine. Açò és important.

—Segur que tard o d'hora tornarà el teu ajudant.

Almenys la tieta Pearl no havia fet gala dels seus poders de bruixa per planxar els vestits. Em vaig girar cap al camió de menjar però em va blocar el camí.

—No tinc temps per a açò. Agafa'ls ja.

Va assentir en direcció als camerinos.

Vaig aixecar els braços en protesta, però me'ls va empentar cap avall. Els vestits llargs estaven fets de llana gruixuda i eren increïblement pesats. Vaig trontollar cap a enrere pel pes.

—He promès a la mare que l'ajudaria amb la neteja després del desdejuni.

Em sentia culpable per mentir, però no tenia temps ni ganes de ser l'assistent de vestuari de la tieta Amber. Mai acceptava un no per resposta. Quant digués que sí, m'assignaria un fum de tasques igualment desagradables. Havia de mantenir-me ferma.

—Per l'amor de déu, Cen. Som bruixes, fes un encanteri.

—Podries fer el mateix —vaig assenyalar.

El vestit de sobre tenia volants i diverses capes d'enagües. A banda de ser increïblement pesat, a penes podia veure el que tenia davant. Cada vegada que aixafava el vestit per veure es tornava a expandir.

Vaig agafar aire i em vaig col·locar els vestits en un muscle per poder veure almenys per on anava.

Vaig escodrinyar el carrer buscant a qui donar-li la roba de la tieta Amber, però simplement m'ignoraven tots mentre corrien com formigues d'un costat a l'altre. Encara no entenia com una bruixa de seixanta anys i sense experiència havia aconseguit un paper important en una pel·lícula de Hollywood. Hi havia alguna cosa sospitosa i no estava segura que m'agradés.

—Tu fes-ho, d'acord? He de preparar-me per a l'escena del robatori.

Em va mirar i es va ajustar el cinturó a la bata.

—No pots anar així —vaig dir—. Has d'anar al camió camerino a canviar-te de tota manera, per què no portes tu els vestits? A més, ni tan sols sé on és el teu camerino.

Massa tard. La tieta Amber va córrer rere un edifici i va xiuxiuejar. Segons més tard, sortia del seu amagatall amb un llarg vestit blau de principis del segle XX amb coll d'encaix. Les seves joies de diamants havien desaparegut, però ara portava un gran barret blau i blanc amb una para-sol a joc. Va desaparèixer immediatament per les portes de l'antic edifici del banc sense dir ni mitja paraula.

Em feien mal els braços, però no podia deixar caure els vestits. Semblaven cars i no volia fer-los malbé. Potser podria donar-los a algú del set. Tindrien un lloc on guardar-los. L'ajudant de la tieta Amber apareixeria tard o d'hora.

Necessitava tenir les mans lliures per a aconseguir una història, o una dotzena abans que acabés el rodatge. Em preocupava que s'hagués trencat l'encanteri de la tieta Amber i tot acabés tan prompte com havia començat. Els executius de la pel·lícula havien estat evidentment encantats per considerar rodar al nostre poble. Les estrelles de cinema i l'equip de filmació se'n anirien i tornaríem a guanyar una misèria i a avorrir-nos com a ostres. Havia d'entrevistar les estrelles abans que s'adonessin del seu error, fessin les maletes i marxessin.

Sobretot, volia aconseguir una entrevista amb el protagonista. Un grapat d'històries sobre el rodatge per mantenir el *Westwick Corners Weekly* a flota. L'únic que necessitava eren bones històries per canviar les coses.

Però per això havia de començar ja, i això significava desfer-me dels vestits. Em vaig animar quan vaig veure els camions camerino a l'altra banda del set. El de la tieta Amber devia estar prop.

—Necessites una mà?

Un home d'uns trenta anys em va somriure i va assenyalar els vestit.

Vaig acceptar de bon grat i li'ls vaig posar als braços.

—Gràcies. Se suposa que he de portar-los al camerino d'Amber West.

—Amber West? —va preguntar l'home arrufant el front—. No em sona aquest nom.

—Alta, prima, pèl-roja, d'uns seixanta anys.

La bruixa que ha organitzat aquesta bogeria de rodatge.

Va arrugar el front amb expressió de desconcert.

La coprotagonista, vaig voler dir, però em vaig aturar. Potser havia mentit o exagerat. Qui sabia què era veritat i que no?

—Amber West... Ah, sí, ja. Ara me'n recordo. —Va assenyalar amb el cap un altre grup de camions aparcats més avall del carrer major—. El seu camerino està per allà. T'ensenyaré el camí.

El vaig seguir desconcertada per la seva manca de familiaritat amb la tieta Amber, ja que era coprotagonista i tot això. D'altra banda, el rodatge complet havia estat un acord d'últim moment amb la mare. La tieta Amber havia sigut contractada el dia abans, quan la protagonista original es va retirar.

El vaig seguir a un altre camió més petit i vell que la resta. El nom de la tieta Amber estava imprès en lletres majúscules en un petit cartell de cartró blanc pegat a la porta. No donava la impressió de ser una estrella i no hi havia senyals de cap ajudant. El camerino estava buit.

—És aquí.

L'home va deixar caure la roba sobre la taula plegable de la cuina i li va estendre la mà.

—Perdona, no m'he presentat. Soc el Rick Mazure, el guionista.

Vam fer una encaixada.

—Vaja. Vostè va escriure *Atracament a migdia?* I també *Atracament a mitjanit?*

Va assentir.

—Soc la Cendrine West, reportera en el *Westwick Corners Weekly.*

Vaig ometre el fet que també era editora, gerent de publicitat, cap de continguts i cafetera principal.

—Gràcies per acompanyar-me. No sabia que estaria tan lluny.

—No ha estat cap molèstia. De segur que aquí trobes moltes històries, tan dintre com fora del set —va dir en Rick—. T'ajudaria a començar, però he d'afanyar-me. Tinc una data límit per a algunes modificacions de guió i per aquí hi ha gent que s'enfada si les coses no estan fetes per a ahir.

Vaig somriure.

—Sé exactament què vols dir.

No tenia plans d'esperar la tieta Amber, així que el vaig seguir fora i el vaig veure caminar ràpidament fins al set. Volia evitar una conversa buida, i estava segura que ell també. Vaig esperar que s'hagués allunyat prou i vaig seguir la mateixa direcció.

La meva oficina estava prop de l'ajuntament i de la furgoneta, així que el mode més ràpid d'arribar era travessar el set. Si tenia sort, podia trobar-me amb una de les estrelles i concertar una entrevista.

Westwick Corners s'havia convertit en un poble del salvatge oest, o almenys en la seva versió de Hollywood. L'equip de rodatge s'havia multiplicat en la darrera hora fins al punt que estava a arrebossar de cotxes antics, cavalls i vestits d'època. Era com uns texans preferits, esgarrats i desgastats al llocs més adequats. De sobte, Westwick Corners semblava una versió estranya i estèril d'ell mateix.

El petit aparcament del supermercat a l'altra banda del banc estava ple d'utillatge i gent que instal·lava cables, aixecava llums i col·locava decorats. Una dotzena d'homes i dones amb vestits d'època es mesclaven amb l'equip. Tots els homes portaven barrets, i les dones portaven vestits llargs i cenyits alarmantment a la cintura.

Vaig veure la tieta Amber alhora que ella em veia a mi. D'algun mode s'havia tornat a canviar de roba. Aquesta vegada portava un dels vestits que acabava de deixar al seu camerino. Màgia, per descomptat. Per a algú amb un càrrec tan alt a l'AIAB no tenia gaire respecte per les regles. Em vaig preguntar quantes n'hauria trencat per a aconseguir el paper.

—Cendrine! Ajuda'm amb les meves línies.

Va córrer cap a mi aixecant-se les enagües pel polsós carrer.

—T'ho vaig dir, faig tard per veure la mare. —Vaig baixar la veu—. Ets bruixa. Pots memoritzar les línies en un moment.

Va esclafir els dits per emfatitzar.

—Els grans actors no memoritzen les seves frases. Es converteixen en el personatge. —Va sospirar—. Cada gest, cada matís, cada entonació es crucial. Necessito que em critiquis. Soc la protagonista i he de fer-ho bé.

—No soc experta en actuació, tieta Amber. Potser algun dels altres actors et pot ajudar. A més, he d'anar-me'n.

Volia afegir que no deuria haver esperat fins a l'últim minut per a practicar les línies, però no volia que s'empipés amb mi.

—D'acord, està bé. Però almenys vine a conèixer l'Steven amb mi.

Es va apartar els cabells amb la mà.

—Està molt content que el convencés per rodar aquí. Sobretot perquè la protagonista va morir de sobte i estava en un compromís. Vol que ocupi el seu lloc.

—Què? Va morir? Creia que ho havia deixat.

No sabia que la tieta Amber havia aconseguit el paper perquè algú havia mort. Que la tieta Amber fos la protagonista faria guanyar l'interès dels locals, ja que ella havia nascut a Westwick Corners. La mort de la seva predecessora ho feia més intrigant.

La tieta Amber li va treure importància.

—És una llarga història. Això ara no importa. El que importa és que l'Steven diu que tinc talent, que soc un diamant en brut. Va a convertir-me en estrella!

Vaig mirar tota la gent que anava de pressa i corrent pel set. No veia l'Steven Scarabelli ni ningú supervisant la feina. Tothom semblava saber el que havia de fer, com si ho haguessin fet centenars de vegades.

—Westwick Corners sembla ser de baix pressupost per a ell.

No era una pel·lícula brillant, però fins i tot jo sabia que l'Steven Scarabelli era un peix gros. Les seves pel·lícules no eren tan populars com ho havien sigut unes dècades abans, però seguia guanyant Oscars i Globus d'Or. Era algú important a Hollywood i, segons els estàndards, els actors semblaven encantats de treballar amb ell.

—Aquell ha estat un dels motius de la seva elecció. Va dir que era... autèntic. —La tieta Amber em va agafar de la mà—. Vine amb mi i et presentaré.

# CAPÍTOL 4

*D*eu minuts després, estava asseguda junt a la tieta Amber al camió oficina de l'Steven Scarabelli. Em sentia bocabadada per estar davant del llegendari director i productor de Hollywood, tanmateix, l'home que tenia davant no s'assemblava gens a una icona de Hollywood. La seva expressió cansada també el feia semblar molt major que l'home que havia vist en televisió. Semblava que necessitava un llarg descans.

Es va posar de peu i es va inclinar sobre l'escriptori. Em va fer una encaixada i em va dirigir un somriure càlid i amistós. El seu abillament casual, una samarreta blanca de cotó i uns texans obscurs, feien que semblés més un membre de l'equip que un director i productor de Hollywood.

—Benvingut a Westwick Corners.

No era gran cosa, però no sabia què més dir. Si hi havia algun poble que tingués el síndrome de l'impostor era el nostre, amagant-se rere una capa de pintura. Estava segura que l'Steven Scarabelli entraria en raó en qualsevol moment i aturaria el rodatge. On érem exactament material de Hollywood.

—M'alegra estar aquí. Mai hauria sabut d'aquesta petita joia si no hagués estat per l'Amber. La teva tieta i jo hem viscut moltes coses.

La tieta Amber va somriure.

—Aquesta pel·lícula recuperarà la prosperitat del poble, Cen. *Atracament a migdia* seria encara més gran del que va ser *Atracament a mitjanit*. Està garantit que serà un èxit gràcies a l'Steven i els seus inversors.

—Conto amb això. —L'Steven va posar un contracte davant de l'Amber—. Aquí està el contracte final perquè el signis. Ja ho han fet tots excepte el Dirk, que arribarà en qualsevol moment. Una vegada tingui la seva signatura podrem començar.

Em vaig quedar bocabadada. El darrer èxit de Steven Scarabelli havia estat protagonitzar per una de les estrelles més importants de Hollywood.

—Dirk? El Dirk Diamond? Vindrà aquí?

Als homes els encantaven les pel·lícules del Dirk Diamond per les escenes d'acció. A les dones els encantaven les seves pel·lícules perquè... bé, perquè era el Dirk Diamond.

L'Steven va riure entre dents.

—Serà millor que arribi prompte o tindré greus problemes.

Em va sorprendre que l'Steven no hagués tancat ja els contractes amb els actors. Però ja que la pel·lícula era una seqüela potser només fos una formalitat. O potser les coses eren més informals a Hollywood. Ho dubtava, però què en sabria jo?

Em vaig girar cap a la tieta Amber.

—El Dirk es quedarà al poble?

En realitat preguntava si era un dels nostres clients de l'Hostal Westwick Corners. No havia vist el seu nom al registre, però moltes estrelles es registraven amb noms falsos per mantenir l'anonimat.

—Per descomptat —va dir—. L'Steven també es queda amb nosaltres, junt a altres membres de l'equip. La resta es queden a Shady Creek.

Va ratllar la seva firma al contracte, li'l va passar a l'Steven per sobre de la taula i va somriure.

—Aquí tens. Soc tota teva.

L'Steven va somriure.

—Em vaig registrar al vostre hostal anit. És encantador.

El nostre hostal pintoresc i acollidor no era res semblant a un elegant hotel de Beverly Hills. Probablement estigués diversos nivells per sota del que l'Steven acostumava, així que era molt amable per la seva part felicitar-nos. Esperava que no acabés decebut. L'allotjament de luxe més proper estava a una hora de camí, a Shady Creek, així que vaig suposar que era millor pràctic que luxós.

—El nostre petit poble es farà famós, Cen. —L'Amber es va aixecar i em va indicar que la seguís—. Anem-hi, et mostraré el set.

Vaig imaginar els amants del cinema fent turisme a Westwick Corners, gastant diners i allotjant-se al nostre hostal. Vaig seguir la meva tieta fora, contenta perquè el seu estat d'ànim hagués millorat. Vam parar en sec i quasi vam xocar amb una petita dona de cabells obscurs. Em vaig disculpar quan ens va passar per davant i va entrar al camió de l'Steven.

Vaig assenyalar amb entusiasme.

—És l'Arianne Duval! Una altra gran de Hollywood!

La tieta Pearl em va pegar una bufetada.

—No assenyalis, Cen! M'estàs avergonyint davant dels meus companys!

Em vaig girar cap a la tieta Amber.

—Com vas aconseguir un paper protagonista a la pel·lícula? Mai has anat a classes de teatre.

—L'Steven diu que tinc talent natural. Per això m'ha posat amb el Dirk.

Vaig obrir la boca, atordida. La tieta Amber mai havia actuat en públic que jo sabés.

—L'has encantat, oi? —La tieta Amber no va respondre—. Saps que no conta si no ho aconsegueixes de manera natural.

—És natural. L'Steven va veure les meves habilitats naturals.

La tieta Amber va esbufegar i va fer mitja volta, indicant que la discussió havia acabat.

Em vaig quedar gelada quan vaig veure el Dirk Diamond venint cap a nosaltres. Els seus cabells castanys s'havien tornat grisos a les temples i era més baix del que esperava, però seguia sent increïblement atractiu. Portava una camisa de l'oest, botes de *cowboy* i pantalons texans.

Una dona caminava junt a ell sobre uns talons de cinc centímetres. El seu modern vestit de flors estava cobert amb una americana de lli blanca botonada a la cintura. Portava els cabells bruns recollits en un monyo fluix. No anava disfressada, així que vaig assumir que no era part de l'elenc.

—És ell! És...!

—El Dirk Diamond —va completar la tieta Pearl—. És el meu coprotagonista. La dona que és amb ell és la seva agent, la Kim Antonelli.

—No m'ho puc creure.

Sempre havia pensat que les estrelles de cinema eren gent normal i em divertia veure la gent actuar de manera estúpida davant dels seus ídols de la gran pantalla. Tanmateix, allà era jo, enlluernada. El Dirk Diamond tenia molta presència, fins i tot fora de la pantalla. Em sentia atreta cap a ell com un imant. Vaig somriure com una ximpleta sense poder parlar.

—Hola. —Em va fer l'ullet i em va somriure abans de dirigir-se cap a la tieta Amber—. Ara ens veiem, Amber.

Va fer un gest amb la mà i va passar per davant de nosaltres cap al camerino de l'Scarabelli.

—El Dirk Diamond m'acaba de fer l'ullet!

La idea que la tieta Amber coprotagonitzés junt a una gran estrella com el Dirk Diamond desafiava la lògica.

—Has usat la màgia. Has encantat d'alguna manera tot l'equip i els has fet creure que eres una estrella.

—Per descomptat que soc una estrella. —La tieta Amber va fer el petarrell—. Dubtes del meu talent?

—I com et van «descobrir» exactament?

Havia d'haver alguna cosa més. Sempre n'hi havia quan hi havia una bruixa involucrada.

—L'Steven i jo fa temps que ens coneixem. Sempre m'havia dit que deuria dedicar-me a l'actuació perquè tinc carisma. —La tieta Amber va arronsar les espatlles—. Va perdre la protagonista femenina a última hora. Els amics s'ajuden. En realitat, no importa com va ser, ara soc part de la pel·lícula.

Era escèptica amb aquella versió dels fets.

—Per què ara després de tants anys? Mai t'havia interessat l'actuació.

—L'Steven es trobava en un compromís després de la mort sobtada de la Rose. Només l'estic ajudant. Hauria necessitat una eternitat per convocar noves audicions i negociar un nou contracte. No es pot permetre retardar-se ni arriscar-se amb nous talents. Ja s'ha passat amb el pressupost de la pel·lícula. Així que em vaig presentar voluntària.

—Rose? Quina Rose?

—Rose Lamont.

Vaig panteixar.

—L'esposa del Dirk Diamond? Quan ha passat tot?

No ho havia escoltat a les noticies i el Dirk no semblava gaire afectat. D'altra banda, era actor, així que sabria amagar les seves emocions. Em vaig girar just a temps de veure'l entrar al camió de l'Steven.

—Farà una setmana. La Rose Lamont va patir un aneurisma cerebral. El Dirk ho ha mantingut en secret. Ni tan sols ha sortit a les noticies —va dir la tieta Amber—. Només tenia trenta-set anys. Una llàstima.

—El Dirk no sembla gaire afectat —vaig afegir—. Em sorprèn que no es posposi el rodatge si acaba de morir.

Em preocupava que el canvi d'ubicació a Westwick Corners hagués estat també en el darrer moment. Hi havia una connexió? Fos com fos, la casualitat semblava sospitosa. Una estrella havia mort i una altra estrella, ni més ni menys que el seu marit, continuava la feina com si res.

—El Dirk, una ànima valenta, ha decidit continuar endavant —va afirmar la tieta Amber—. Després que jo parlés amb ell, és clar.

—Eres allà quan va passar?

La Rose Lamont era jove, atlètica i la viva imatge de la salut. Els aneurismes eren poc comuns, però colpejaven a gent aparentment sana a tota hora. Així i tot, la coincidència em semblava sospitosa i volia assegurar-me que la tieta Amber no estava involucrada ni tan sols indirectament.

—És clar que no! Cen, estàs insinuant que he fet alguna cosa sinistra per a aconseguir el paper? Em sento totalment insultada. —Va negar amb el cap—. Estava a Londres i tinc testimonis que poden confirmar-ho.

Els crits van sortir del camió de l'Steven abans que pogués respondre.

Em vaig girar.

Les veus de l'Steven i del Dirk es van expandir per tot el set mentre es posaven de peu al camió. Estaven discutint sobre el contracte. La Kim era fora. S'encongia cada vegada que la veu del Dirk s'elevava.

Vaig arrufar el front.

—Si és la seva agent, no deuria estar dins negociant amb ell?

La tieta Amber no va respondre.

El Dirk va baixar els escalons i es va girar cap a la Kim.

—Anem-nos-en.

La Kim el va seguir de prop i després es va aturar de sobte. Va fer mitja volta i mirar fixament l'Steven als ulls mentre aquest baixava les escales darrere del Dirk. Va aixecar les mans amb els palmells cap a fora.

—Ho sento molt, Steven.

—Anem, Kim. No tens res més que dir-li. —El rostre del Dirk estava vermell de fúria—. Toquem el dos.

La Kim va seguir el Dirk com un cadell reganyat amb una expressió de dolor al rostre.

L'Steven va sortir corrent darrere de la parella.

—No pots fer-me açò, Dirk.

—Alguna cosa va malament —va xiuxiuejar la tieta Amber—. Se suposava que el Dirk anava a signar el contracte. M'imagino que no ha estat així.

La Kim va agafar el Dirk del braç i el va aturar a pocs metres de nosaltres.

—Estàs cometent un error, Dirk. Vas donar a l'Steven la teva aprovació verbal. Vols que canviï alguns terminis? Deixa que parli amb l'Steven i veuré què puc fer.

L'Steven Scarabelli estava prop, sense saber si perseguir la parella o tornar al seu despatx.

—No em diguis què he de fer, Kim. —El Dirk es va desfer de la seva mà—. Tret que vulguis que t'acomiadi a tu també. No penso treballar ni per l'Scarabelli ni per ningú més. Estic començant la meva pròpia empresa. Mereixo una major part dels guanys.

—Però l'Steven et va convertir en estrella. —La Kim estava clarament enfadada amb el seu client—. Saps que aquesta seqüela serà un èxit en taquilla igual que ho va ser la primera part. Son diners fàcils i ja et saps les línies. L'únic que has de fer és presentar-te durant unes poques setmanes, repassar els moviments i rodar la pel·lícula. És un bon tracte.

El Dirk va fer una puntada de peu contra el sòl.

—És mentida! L'Steven no em va convertir ni a mi ni a ningú en estrella. La gent li dona massa crèdit. No és un bon tracte en absolut. No he signat res, així que tinc dret a canviar d'opinió.

—Però l'Steven confiava en tu. La setmana passada estaves d'acord quan vam discutir els terminis. —La Kim va assenyalar cap al set—. L'Steven a continuar endavant de bona fe basant-se en la teva acceptació verbal. Ha invertit tot el que tenia en aquesta pel·lícula. Tot l'elenc i l'equip es quedarà sense feina si tu no l'acceptes. I l'Steven ha s'ha compromès a pagar-los.

—No m'importa. És problema de l'Steven. El guió es un bunyol i no vull que el meu nom s'associï amb ell. —Va fer el gest de trucar per telèfon i es va acomiadar de la Kim amb la mà—. Truca'm després.

Tots vam veure com el Dirk Diamond es dirigia cap al seu camerino. No s'assemblava gens al paio que idolatrava en pantalla. De fet, no m'agradava gens ni mica. Era l'epítom d'una *prima donna* exigent i rondinaire. Un imbècil consumat. Però era la garantia de taquilla, i ell ho sabia. Tots havien d'inclinar-se davant d'ell i satisfer els seus capritxos. No tenien elecció si volien seguir amb el rodatge.

La Kim Antonelli no va dir ni una paraula. No havia de fer-ho. La seva expressió de disgust ho deia tot.

L'Steven es va apropar a la Kim

—No pots fer-lo entrar en raó, Kim? Faré el que calgui perquè estigui content. Ho prometo. Els temps són diners i tinc tota aquesta gent al set esperant a encendre les càmeres. Esbrina què vol el Dirk. Sigui el que sigui, ho faré.

—Ho intentaré, Steven —va prometre la Kim amb simpatia—. Però ja saps que es imprevisible.

L'Steven semblava desesperat.

—Això és el que em preocupa. Tinc els inversors respirant-me al coll i vaig tard amb els pagaments. Sense aquesta pel·lícula, m'arruïnaré.

—No facis res precipitat —vaig xiuxiuejar a la tieta Amber.

Estava tan emocionada amb el seu paper que temia que fes aparèixer un altre protagonista.

—Ho sento, Steven. He intentat raonar amb ell, però no m'escolta —va dir la Kim—. Em sento fatal, però, què puc fer? Saps que soc la seva agent només de nom. Fa el que vol. Jo tampoc tinc diners i necessito el txeques ja.

Un home es va apropar a nosaltres amb paper a la mà. Era el Rick Mazure, l'home que m'havia ajudat abans amb els vestits de la tieta Amber.

—Steven, ja he escrit els canvis. He trigat tota la nit, però ja he acabat. Crec que està prou bé. Pots aprovar-los?

L'Steven el va fer fora amb la mà.

—Ara no, Rick. No tinc temps per llegir-los perquè el Dirk acaba de marxar del set. Tret que puguem calmar-lo, no hi haurà pel·lícula que rodar.

—Una altra vegada? No ho entenc. —El Rick va enfonsar els muscles, esgotat—. He fet tots els canvis que em va demanar el Dirk.

—Ho sé. Continua endavant i reparteix-lo. Segur que és tan bo que no cal que el comprovi. Esperem que el Dirk torni prompte i puguem començar a filmar.

—D'acord, cap.

El Rick va marxar en la mateixa direcció que el Dirk.

—Potser pugui fer entrar en raó el Dirk —va dir la tieta Amber a l'Steven—. Deixa'm veure què puc fer.

—Paga la pena provar-ho. Si no perdré milions. —L'Steven es va passar una mà pel front—. Facis el que facis, no pot ser pitjor que açò.

Va fer mitja volta i va caminar lentament fins al seu camió despatx amb els muscles enfonsats com si s'hagués acabat el món.

—Som-hi.

Vaig agafar la tieta Amber del braç i ens vam dirigir cap al set. No vam trigar en trobar el Rick.

—Ha de ser decebedor fer totes aquestes modificacions per res —vaig dir.

El Rick va arronsar les espatlles.

—Mai se sap el que passarà amb el Dirk. És imprevisible, però a vegades les coses funcionen. Estic treballant amb el Dirk en un altre projecte, un thriller molt intens. Acabo d'escriure també aquest guió. Suporto totes les seves exigències perquè el seu nom garanteix l'èxit en taquilla.

Vam caminar amb el Rick cap al set, on el Dirk s'havia aturat per discutir amb un membre de l'equip.

—Almenys encara és aquí.

La tieta Amber es va dirigir cap a ell i jo la vaig seguir.

En Dirk es va girar cap al Rick quan ens vam apropar amb una expressió de desdeny al rostre.

—Què vols?

—Has pogut veure ja les modificacions del guió? —El Rick va aixecar el document davant del Dirk—. Tinc una còpia aquí.

—No et molestis, Rick. El teu guió és una merda. No vaig passar de les primeres pàgines. El teu suposat thriller va fer que m'adormís.

El Rick va empal·lidir mortalment.

—Estic obert a suggeriments. Digues quines parts...

El Dirk va fer un gest amb la mà.

—Tot és una merda. No malgastis el meu temps. Ja he tingut prou gent com tu. Obriré la meva pròpia productora i escriuré els meus guions. Prou de paràsits que s'enriqueixen amb el meu talent.

La Kim va aparèixer junt al Dirk amb una expressió de dolor al rostre. Com a la seva agent, rebia un percentatge de tot el que el Dirk Diamond guanyava, però a jutjar per la seva expressió, no li compensava.

—Dirk, hem de parlar. —La tieta Amber va somriure—. Pots fer-ho mentre dorms. Recorda el que et vaig dir sobre professionalitat.

El front arrufat del Dirk es va transformar en un suau somriure.

—Tens raó, Amber, com de costum. Tan de bo m'assemblés més a tu.

Em vaig quedar bocabadada. La tieta Amber tenia algun tipus d'encanteri sobre el Dirk, però no hi havia màgia involucrada. Si hagués sigut un encanteri, ho hauria notat. Però no hi havia magnetisme, cap sensació que no fos la força de la seva personalitat. Cosa que la tieta Amber tenia naturalment. Així i tot, era difícil de creure.

La Kim va sospirar, alleujada perquè algú hagués acabat amb l'infern del seu cap.

—El Dirk és el meu protegit. Ens coneixem, oi, Dirk? —La tieta Amber es va girar cap a mi—. Vaig ajudar el Dirk a entrar en el món de l'espectacle. De fet, la seva primera pel·lícula va ser amb l'Steven Scarabelli. Ens coneixem des de fa molt.

—Sí —va dir el Dirk—. Tenim una història comuna.

—L'Steven ens necessita aquesta vegada. —La tieta Amber li va fer una palmada al braç—. Ves veure l'Steven i arregla les coses. Te'n alegraràs de fer-ho.

El Dirk va prémer els llavis i va reflexionar.

—D'acord, Amber. Som-hi, Kim.

La Kim el va seguir quan va canviar de rumb en direcció al camió de l'Steven

Vaig estudiar la meva tieta, atordida per l'efecte que exercia sobre el Dirk. La va escoltar quan no estava escoltant ningú.

Va veure la meva mirada i va somriure.

—Què?

—Res?

Volia que l'alabés, però no pensava dir-li res. No volia contribuir a augmentar el seu ja enorme ego.

—No tens feina que fer? —ve preguntar la tieta Amber mirant-me fixament—. Els meus vestits no es planxaran sols.

—Ara em posaré.

No tenia intenció d'ocupar-me del seu vestuari, però l'últim que volia era una altra baralla al set. No tenia ni idea d'on venien els canvis d'humor camaleònics de la tieta Amber, però estava a punt de tornar-se tan difícil com el Dirk.

O com la tieta Pearl. Em vaig adonar que encara no havia preguntat sobre la feina de la tieta Pearl.

—Bé, he d'anar al set.

La tieta Amber em va acomiadar amb un gest de mà i va fer mitja volta. Ve creuar el carrer i va marxar.

Em vaig sentir alleujada per no veure senyals del Dirk ni de la Kim. Ja devien estar parlant amb l'Steven. Em vaig quedar enrere i vaig esperar que la tieta Amber entrés a l'edifici. Aleshores vaig tornar cap al camió de l'Steven, esperant escoltar d'amagat. Quan el Dirk i la Kim van marxar, vaig esperar uns minuts per veure l'Steven i aconseguir una història.

No vaig arribar gaire lluny abans d'escoltar veus sortint d'un costat del banc. No podia veure'ls, però vaig reconèixer la veu del Dirk Diamond i parlava amb l'Steven Scarabelli. Em vaig apropar més quan les seves veus es van tornar més fortes.

—Podem canviar el guió, els termes, el que vulguis —va dir l'Steven.

—D'acord. Vull que es canviïn aquestes coses del guió.

Es va escoltar el soroll de paper arrancats i algú fent puntades contra el sòl.

—No hi ha problema —va afegir l'Steven—. Moltes gràcies, Dirk. M'alegra que haguem pogut resoldre açò.

—Ah, i una cosa més —va dir el Dirk.

—El que vulguis.

—Fes fora la vella. O se'n va l'Amber West o me'n vaig jo.

Vaig panteixar. A la tieta Amber no li agradaria.

# CAPÍTOL 5

*A tracament a migdia* començava a semblar-se més a un rescat a migdia. Em vaig parar a l'altra banda del carrer i vaig observar com l'equip treballava frenètica per adaptar-se als detallats canvis de guió. Mai havia estat darrere de les escenes d'un set de rodatge. La histèrica activitat que anteriorment havia confós amb caos era en realitat una simfonia perfectament afinada entre el repartiment i l'equip. Es movien d'un lloc a un altre, realitzant simultàniament centenars de tasques per preparar la primera escena. I, probablement, centenars de tasques innecessàries, tot degut a l'arrogància del Dirk Diamond i a les seves exigències desraonades.

No esperava que els canvis en el guió afectessin alguna cosa més que les frases dels actors, però el Dirk havia exigit que el banc es pintés d'una tonalitat diferent de blau. L'olor a pintura flotava per l'aire mentre els pintors netejaven i desmuntaven els andamis.

Vaig sentir un respecte renovat per l'equip, obligat a atendre els capritxos d'una estrella de cinema consentida. Malgrat les exigències d'última hora del Dirk, el set estava llest per rodar. L'únic que quedava eren unes modificacions de guio d'últim moment per part del Rick Mazure, la majoria petits ajustaments de continuïtat derivats dels canvis del Dirk. Afortunadament, només incloïen un canvi en les línies del Dirk Diamond. La resta de l'escena de l'atracament al banc va romandre intacta.

Vaig mirar al meu voltat i em va sorprendre veure la tieta Pearl a pocs metres de distància. Em va alegrar que encara no hagués parlat amb la tieta Amber perquè podrien discutir i retardar encara més la filmació. No tenia clar si la tieta Pearl havia canviat d'opinió o simplement a vingut a veure el rodatge. De qualsevol mode, era bona senyal. Quan activessin les càmeres, veuria com d'interessant podia arribar a ser la feina d'ajudant d'utillatge.

Tots semblaven relaxats i feliços en aquell moment, ansiosos per posar-se mans a l'obra. Excepte el Dirk, que semblava preferir estar en qualsevol lloc que no fos part del set. La impaciència del Dirk creixia per minuts, i esperava que no marxés del set abans que tornés el Rick amb la versió final.

Encara em sorprenia que el Dirk hagués continuat endavant amb la pel·lícula malgrat la sobtada mort de la seva esposa. Podia estar mes interessat en la pel·lícula que en plorar la seva dona? Tenint en compte la discussió al camerino de l'Steven ho dubtava. La Rose Lamont havia sigut tant la seva esposa com la seva protagonista. Era molt estoic... o alguna cosa massa horrible per pensar-ho.

D'altra banda, veia massa sèries de crims, així que sempre assumia el pitjor. El joc brut era una altra possibilitat, sobretot perquè la Rose era dècades més jove que el Dirk i aficionada a l'exercici. No s'esperava que algú així morís sobtadament. Vaig prendre nota mental per buscar més detalls sobre el seu prematur decés.

Més estrany encara era que la meva tieta pensionista en fos la substituta. No tenien la mateixa edat ni experiència i dubtava que la tieta Amber tingués el mateix èxit en taquilla que una dona de trenta. I sabent que el Dirk volia acomiadar-la, vaig suposar que el pitjor encara no havia passat.

Per estrany que semblés, la tieta Amber no pareixia estar ni tan sols en la primera escena. Es va quedar a uns metres de distància, posant davant dels fotògrafs per a aconseguir fotos per al seu portafolis d'actuació. O be l'havien afegit en un dels darrers canvis o havia exagerat en el seu protagonisme. Un pressentiment em deia que es tractava del segon.

—Giri una mica cap a l'esquerra —va demanar el fotògraf ajustant la càmera—. Sí, així està genial. Quedi's queta.

—Asseguri's de treure'm el perfil bo.

La tieta Amber va somriure a la càmera. Ja tenia dotzenes de fotografies del seu perfil bo, del dolent i de fora de plano. També tenia fotos amb el Dirk, l'Arianne i altres reticents membres de l'elenc que es mostraven cada vegada més molests amb les seves distraccions. En tenia tantes que l'Steven l'havia bonegat per aturar la producció.

—Aquí estan els canvis.

El Rick Mazure va caminar apressadament fins al set, sense alè i malgirbat. Portava la jaqueta arrugada i la camisa desbotonada i una fina capa de suor li feia brillar el front.

—Hi ha canvis importants, així que tots a repassar les línies.

Va entregar a cada membre de l'elenc i de l'equip una còpia del guió d'una enorme pila de fulles blaves.

L'home corpulent i calb que tenia al costat va maleir en veu baixa. El Bill Kazinsky era exactament com l'havia descrit la tieta Pearl. Però no semblava perillós. Malgrat les seves queixes, va ajustar tot el decorat per a les exigències del Dirk Diamond de seguida.

—Creia que eren canvis menors. —El Bill li va arrabassar la darrera còpia a en Rick i va fullejar les pàgines. Va posar el dit índex sobre el guió—. Què dimonis es això? Se suposa que són ganivets, no pistoles. Com se suposa que he lidiar amb això?

—És un gran problema? —vaig preguntar.

—Sí, és un gran problema. —Va maleir en veu baixa—. Estic a centenars de quilòmetres de l'estudi i tots els maleïts accessoris estan malament. Per què no poden dir el que necessiten des del primer moment?

El Rick va estendre les mans amb els palmells cap a fora.

—Ho sento, Bill. He escrit el que m'han dit. Si tens cap pregunta parla amb l'Steven. Ell és el cap.

Pel que havia vist fins a aquell moment, ho dubtava. El Dirk Diamond tallava el bacallà.

—Sí, clar.

El Bill es va queixar entre dents i va marxar a pocs metres de distància. Tot el decorat estava apilat en semicercle. Era com una fortalesa, configurada per permetre només un punt d'entrada i protegir l'interior.

El vaig seguir i em vaig aturar just fora del cercle d'utillatge del Bill. El mini Stonehenge només permetia la entrada d'una persona a la vegada. El Bill es va girar de costat i es va relliscar per l'obertura. Observava l'inventari de decorats amb expressió frustrada.

—On puc trobar armes de principis del segle XX? No creixen als arbres.

L'home obès va seure en un tamboret dins de la seva fortalesa i es va rascar el front.

—Necessites pistoles? Jo en tinc.

La titeta Pearl va aparèixer al meu costat. Tenia una pistola en cada mà.

—En puc aconseguir més en un momentet.

Vaig articular un silenciós «no». No era el moment ni el lloc per mostrar la seva bruixeria o fer entendre que tenia tracte amb traficants d'armes. Una tieta Pearl armada m'espantava terroríficament. Les armes eren molt pitjors que el foc.

—Deixi'm veure això. —El Bill va sortir de la seva cova i va agafar una de les armes. La va girar en la mà—. Potser que funcionin. Encara que ens en caldrien sis.

—Cap problema. Un moment. —La tieta Pearl va desaparèixer per un cantó i va tornar en menys d'un minut amb una bossa sota el braç. Era tan pesada que se li enfonsava el muscle. Li va entregar la bossa a en Bill.

—Provi aquestes.

Em va complaure veure que la tieta Pearl semblés interessar-se de nou en la feina d'utillatge.

El Bill va treure una pistola de la bossa.

—Semblen antigues. D'on les ha tret?

—No importa, sempre que li agraden. —La tieta Pearl va fingir una reverència i va parpellejar—. Al seu servei, senyor Bill.

—No ha de provar-les primer per assegurar-se que funcionen?

L'actitud malaltissa i dolça de la tieta Pearl significava que tramava alguna cosa. Vaig sospitar que seria alguna cosa per desautoritzar la tieta Amber. La rivalitat entre germanes era la pitjor.

—Sí, tens raó. Però no hi ha temps per a això. —El Bill va arrufar el front—. Ara que ho penso, tinc algunes pistoles que podrien funcionar. Per què no pot el Rick escriure l'escena correcta en primer lloc?

El Bill va mirar cap al Rick. El guionista estava fora del seu camp auditiu o l'ignorava a propòsit.

El Bill es va agenollar i va mirar dintre d'una gran caixa.

—Maleit sigui, no les tinc a la caixa d'utillatge. Hauré de tornar a per elles amb el camió.

La tieta Pearl va aixecar la mà.

—Aniré a per elles. Digui'm on son.

El Bill va negar amb el cap.

—Estan tancades en un lloc segur. —Va assenyalar la tieta Pearl—. Vigili la caixa. No deixi que ningú s'emporti res.

Va girar sobre els seus talons i va marxar.

La tieta Pearl va maleir entre dents.

—Faig tota la feina i no obtinc cap respecte. Li he aconseguit pistoles. Tanmateix, en lloc de fer alguna cosa productiva, soc aquí cuidant d'una estúpida caixa de joguines. No em paguen prou per a açò.

—Acabes de començar. Encara no has fet res. A més, ningú et pagarà. Et vas oferir a ajudar amb l'utillatge, ¿recordes?

Estava bastant clar que el Bill no necessitava ajuda realment.

—Si, bé. Esperava més emoció en una pel·lícula d'acció. Estic començant a penedir-me. Potser tingui que crear els meus propis problemes.

La tieta Pearl es va tocar la barbeta, sumida als seus pensaments. Vaig sentir un calfred. Que la tieta Pearl pensés era un gran problema.

—No conjuris més armes. La gent podria fer-se una idea equivocada.

Ningú confondria la tieta Pearl amb una terrorista, però la gent s'espantaria si la veiés armada fins a les dents amb mitja dotzena de pistoles.

—Podria estalviar molt de temps a tots. El Bill no és gaire ràpid. Hi ha molta gent massa ben pagada per fer res. —Es va creuar de braços i va fer una puntada a terra—. Ofereixo ajuda, però no l'agafarà. Òbviament, se sent amenaçat per mi.

—Ho dubto —va dir—. Porta anys fent açò. Potser que sigui lent, però sap què fa.

La tieta Pearl va negar lentament amb el cap.

—Si hagués llegit el darrer guió, sabria que aquesta darrera versió ha agregat explosius.

—Com ho saps?

La tieta Pearl va rodar els ulls i es va treure un munt de papers de la butxaca.

—A veure... aquí mateix. Pàgina tres.

Va assenyalar la pàgina amb el dit índex.

—D'on l'has tret?

Em vaig inclinar per veure millor. El peu de pàgina deia versió cinc, que era una còpia més nova que la que havia donat el Rick al Bill.

—El Rick me l'ha donat. —Va agafar el guió i el va sostenir per sobre del seu cap—. És una còpia anticipada.

—Segur que l'has llegit bé?

Un somriure de suficiència em va dir que mentia. Sobre el guió, sobre els explosius o sobre totes dues coses. Del que estava absolutament segura era que el fet que s'involucrés havia sigut un error.

—Clar que estic segura. El Rick m'ho va dir com a mesura de precaució perquè sap que Bill és un desorganitzat i un incompetent. Potser que vagi jo mateixa a veure l'Steven Scarabelli. Probablement em contracti com a cap d'utillatge i pirotècnia. Ho faria molt millor.

No podia imaginar pirotècnia en un western, fins que vaig recordar que en aquells temps tenien dinamita. Em vaig estremir quan vaig imaginar el Dirk Diamond fent esclatar una caixa forta del banc i reduint l'edifici a un fum de rajols. Tenia la sensació que qualsevol dinamita proporcionada per la tieta Pearl seria real. L'edifici era massa vell per suportar una cosa així i no podíem permetre'ns més reparacions. Esperava que la tieta Pearl estigués mentint, però no podia confiar-ne. Havia de trobar el Rick Mazure per confirmar-ho.

O la tieta Amber. Probablement ella era l'única que podia frenar la despietada cerca de poder de la seva germana.

La tieta Amber.

Vaig mirar cap a on estava posant poc abans, però se'n havia anat. Només quedava el fotògraf jugant amb el seu equip.

Vaig passejar pel set buscant-la i la vaig veure a l'extrem contrari parlant, o més bé escridassant l'Steven Scarabelli. A jutjar pel seu rostre ple de llàgrimes, li havia donat la notícia. L'Steven havia sucumbit a les exigències del Dirk Diamond i l'havia acomiadada.

Vaig lluitar contra l'impuls de córrer i abraçar la tieta. Assabentar-se que jo ho sabia la humiliaria encara més. Em vaig plantejar parlar-li de la conversa entre el Dirk i l'Steven, però, serviria d'alguna cosa? Res del que pogués dir o fer canviaria el resultat.

Tampoc volia posar en perill la pel·lícula encara més. L'elenc i l'equip portarien diners a Westwick Corners. L'hostal de la meva família estava complert i ma mare també obtenia beneficis del càtering. Seria un desastre per a tots si l'Steven Scarabelli decidís deixar el poble i rodar en un altre lloc. Això si alguna vegada havia hagut una filmació real en marxa.

—Te'n penediràs!

La tieta Amber va fer mitja volta i va sortir del set en direcció al seu camerino. Quasi va ensopegar amb el Bill que acabava de tornar amb un estoig de fusta. Va maleir i li va pegar una colzada.

El Bill va murmurar alguna cosa entre dents i es va apartar del seu camí. Es va dirigir als membres de l'elenc. Va col·locar la caixa de fusta al sòl, la va obrir i va començar a repartir pistoles als actors un per un. Després va tancar l'estoig i es va girar cap a nosaltres. El va deixar sobre l'enorme caixa que havia estat mirant abans deixant-lo caure amb un soroll.

El fotògraf va girar el cap de colp, sobresaltat pel soroll. Va arrufar el front quan va veure la tieta Amber fora del set.

—Cen? M'escoltes?

La tieta Pearl em va estirar del braç sense adonar-se, aparentment, de l'acomiadament de la tieta Amber.

—Eh?

Vaig assentir, encara que no havia escoltat una paraula del que havia dit la tieta Pearl. Per sort em va salvar l'avís del director. Vaig veure els actors ocupar els seus lloc i vaig prendre una nota mental per veure com estava la tieta Amber quan acabessin de rodar l'escena.

La filmació estava per fi en marxa.

—Tothom al seu lloc!

L'Steven Scarabelli havia tornat al set, enrojolat i sense alè. Va moure una mà cap al set. Havia reemplaçat la seva desesperació per optimisme.

—Val més que sigui el darrer canvi. Vigili les coses, Pearl. Necessito fumar. —El Bill va assenyalar la tieta Pearl abans de creuar el carrer—. Què hi ha a...?

Vaig posar una mà a l'ossut muscle de la meva tieta i em vaig posar un dit als llavis.

Ella va arrufar el front, però va romandre en silenci.

—Acció! —va cridar l'Steven.

Les portes del banc es van obrir de colp i el Dirk Diamond va sortir disparat de l'edifici. Va córrer per tot el carrer cap a un Ford T negre i brillant, amb el seu llarg abric negre darrere d'ell. Sostenia una pistola en una mà i la borsa amb el botí a l'altra. Un altre home amb texans i un jupetí el va seguir, dibuixant un semicercle defensiu amb l'arma mentre creuava el carrer.

El conductor del Ford va saltar del seient i es va posar dempeus al costat del cotxe, saludant frenèticament el Dirk amb una mà i agafant un ganivet amb l'altra. Aleshores, tres homes van saltar des de darrere d'un edifici del costat contrari del carrer blandant pistoles cap al Dirk i l'altre home. El de davant va obrir foc, encertant al còmplice del Dirk. L'home va deixar caure la seva pistola i va cridar. Va trontollar fins al cotxe aferrant-se el braç mentre es deixava caure al seient dal darrere.

L'Arianne Duval va sortir corrent del banc, cridant. Es va quedar immòbil quan va veure els homes. El conductor que empunyava el ganivet va tornar d'un salt al seu seient just quan al Carrer Major esclatava un tiroteig. Les bales volaven, els cavalls estaven espantats i els gossos lladraven mentre corrien frenèticament entre el caos. Quan es va assentar la pols, cinc homes estaven estirats a terra.

—No! —va cridar l'Arianne. Va córrer cap al Dirk, es va agenollar al seu costat, va mirar a la càmera i va xiuxiuejar—: És mort.

—Talleu! Bon treball! —va ressonar la veu de l'Steven.

Va assenyalar amb el polze cap a dalt mentre es dirigia de nou als camions.

Els actors es van aixecar i es van espolsar la pols de les disfresses.

Tots excepte el Dirk Diamond.

Mai es va tornar a aixecar.

# CAPÍTOL 6

—*H*an disparat el Dirk! —va cridar l'Arianne.

—Ara no, Arianne. Estem en el descans.

Un actor alt i ros, un dels disparadors de l'escena, la va fer fora del set.

La tieta Pearl va bufar.

—Clar que l'han disparat. És un tiroteig, ximpleta. És el que ha de passar. —Es va girar cap a mi—. Aquí ningú sap que fa.

—Prou, tieta Pearl! No és moment per al sarcasme.

El Dirk portava una camisa blanca sota la jaqueta. Des del meu punt de vista, vaig veure un cercle vermell estenent-se lentament al seu pit. Em vaig adonar, horroritzada, que aquella taca no era part de la pel·lícula. Un tir fals requeria sang falsa, però ja que l'escena havia acabat després dels tirs, la sang falsa era completament innecessària.

L'Arianne també s'havia adonat. Em vaig portar les mans a la boca quan em vaig adonar de la realitat. Tots els altres actors, excepte l'Arianne, se'n estaven anant. El Dirk va romandre immòbil al sòl. No s'havia mogut ni un centímetre.

—Estic ben farta —va dir la tieta Pearl—. No tens ni idea de com és rebre ordres d'aquell bufó incompetent. Vaig a demanar a l'Steven un augment. Podria fer la meva feina molt millor que el Bill amb una sola mà.

La vaig fulminar amb la mirada i ella va negar amb el cap i va arronsar els muscles—. He intentat ajudar-lo, però és massa tossut per veure els seus errors.

La vaig ignorar. El Dirk ja deuria haver-se aixecat.

Acabàvem de presenciar un tràgic accident o, possiblement, un assassinat. L'Arianne corria frenèticament d'una banda a un altra entre l'edifici i el carrer, on jeia el cos sense vida del Dirk sobre el camí polsós.

—Ajuda! No respira!

Tothom es va mantenir en silenci una fracció de segon quan la gravetat va seguir les paraules de l'Arianne. Després tots van córrer cap al Dirk.

—Massa tard. —Un dels actors es va agenollar al seu costat—. Crec que és mort.

Un esbufec col·lectiu va sortir de la vintena de membres de l'elenc i l'equip que s'havien reunit al voltant del Dirk en semicercle.

Encara que ningú semblava tan afligit com l'Arianne, hi havia multitud de rostres temorosos. Tots estaven en xoc.

—L'han disparat de veritat. No estava actuant.

Em vaig girar cap a la tieta Pearl, però havia desaparegut.

Vaig fer mitja volta i la vaig veure allunyant-se apressadament del set. Ja estava a mitja illa de cases, quasi havia arribat fins a l'Steven. Aquest es degui haver marxat del set tan prompte com havia acabat l'escena.

A jutjar pel seu mode de caminar despreocupat i sense presa, desconeixia per complet el que li havia ocorregut al Dirk.

El Bill va córrer cap a mi, amb un cigarret als llavis. Va inhalar profundament, se'l va treure de la boca, el va tirar a terra i el va aixafar amb el peu.

—Què dimonis acaba de passar? Per què estan tots junts allà?

Vaig negar amb el cap.

—Han disparat el Dirk al pit. És mort.

Va entornar els ulls.

—Pretens fer una gràcia?

—No és cap broma.

—No m'ho crec. Deu de ser un altre canvi al guió, oi?

Els ulls del Bill volaven del cos sense vida del Dirk a mi.

—Temo que no.

Vaig observar el seu rostre cercant qualsevol senyal d'engany, però semblava realment sorprès.

El Bill va començar a caminar d'una banda a una altra amb el rostre pàl·lid.

—Com ha pogut passar? Qui li ha disparat? On són?

Vaig baixar la veu.

—No ho sé, però sembla que la bala ha sortit d'una de les teves pistoles.

—Això és impossible —va dir el Bill—. Les meves pistoles no estaven carregades, mai ho estan. No tenen bales de veritat, són de fogueig.

—N'estàs segur?

Vaig mirar cap al carrer on havia vist la tieta Pearl i l'Steven per darrera vegada. Mantenien una acalorada discussió sobre alguna cosa, aparentment aliens a la tragèdia que havia ocorregut davant de nosaltres. Em vaig girar de nou cap al Bill.

—És clar que n'estic segur. Jo mateix les he comprovat abans d'entregar-les. Ni tan sols tinc bales. —Em va fulminar amb la mirada—. Creus que he tingut alguna cosa a veure amb el tir del Dirk? Per què faria una cosa així?

Se m'ocorrien quantitat de raons.

—Ningú està acusant ningú. Només exposo els fets. Han disparat el Dirk.

L'Arianne va caminar ràpidament cap a nosaltres. Es va aturar davant del Bill i el va mirar fixament.

—Ens has donat armes carregades? Tots podríem haver mort. Com has pogut ser tan estúpid?

—Per descomptat que no us he donat armes carregades. Creus que soc idiota? Només tenia bales de fogueig. —El Bill es va rascar el cap —. No ho entenc.

—Has de donar moltes explicacions, Bill —va dir l'Arianne—. Ets l'únic que ha tocat les armes.

—No sabem si estaven totes carregades. Només sabem que s'ha disparat una bala —vaig dir.

Era irrellevant, podria verificar-se més tard, però no volia que tots entressin en pànic i comencessin a treure conclusions precipitades.

El Bill va aixecar els braços amb els palmells cap a fora.

—No estaven carregades, ho juro. Algú haurà carregat l'arma quan l'he entregada.

—Si algú les hagués manipulat, ho hauríem vist —vaig afegir—. Les has repartit just abans que comencés el rodatge. Tots els ulls estaven al set.

—Bé, algú haurà fet alguna cosa. Potser la Pearl ha tingut alguna cosa a veure. On és?

—Ella no ha tocat les pistoles, n'estic segura.

L'intent desesperat del Bill de tirar-li les culpes a una altra persona em va irritar. No podia culpar-lo per estar empipat, anguniat o ambdues coses, però això no era excusa per convertir la tieta Pearl en un boc expiatori pel seu descuit. Vaig agrair que ella no hagués sentit les acusacions. Podia cuidar de sí mateixa, però això era exactament el que em temia. No volia donar-li motius per calar foc a alguna cosa.

El rostre del Bill es va enrojolar d'ira continguda.

—Segur que l'has perdut de vista en algun moment.

—No, he estat mirant-la tot el temps. Pregunta a ella. Potser ha vist alguna cosa que a mi se m'ha escapat —vaig suggerir senyalant amb el cap el lloc per on havia marxat—. És a l'altra banda del carrer parlant amb l'Steven en aquest moment.

Sense cap dubte, la tieta Pearl es moria per aconseguir la feina del Bill, però això no tenia importància en aquell moment. Sense el Dirk Diamond, la pel·lícula no podia continuar. La feina de cap d'utillatge del Bill ja no era necessària. La mort del protagonista significava que no hi hauria pel·lícula, almenys, no de moment.

L'Arianne tremolava i ploriquejava.

—Com ha pogut passar? Fa un minut el Dirk estava corrent i ple de vida. Un minut després és mort.

La coincidència era preocupant. Primer la Rose Lamont, l'esposa del Dirk i coprotagonista, i ara el Dirk. Si bé la Rose havia mort suposadament per un aneurisma cerebral, semblava massa coincidència que una parella casada en la flor de la vida mori amb un dia de diferència. La mort del Dirk havia estat una tràgica coincidència o algú els volia tots dos morts?

Una arma carregada i bales reals en lloc de bales de fogueig implicava que algú havia manipulat les armes. Tanmateix, el Bill insistia que les havia revisades totes i jo l'havia vist entregar les armes. A banda de les dotzenes de testimonis, tot havia sigut gravat amb les càmeres. Hi hauria prou amb revisar les imatges per identificar l'assassí.

Suposant que fos un assassinat, per què cometre'l a plena vista davant de tanta gent? L'assassí era extremadament descarat o increïblement estúpid. O possiblement estava tractant d'inculpar una persona innocent.

Se'm va formar un nus a la gola. Esperava que la meva intuïció s'equivoqués.

# CAPÍTOL 7

Vaig agafar el telèfon i vaig marcar el número del xèrif Tyler Gates.

—Vine al set de la pel·lícula ja. Han disparat el Dirk Diamond.

Multitud de membres de l'elenc romanien en silenci, atordits, encara en semicercle al voltant del cos del Dirk Diamond. La notícia s'havia escampat ràpidament entre l'equip. Tothom havia tornat al set en silenci, confosos per l'enormitat del que acabava d'ocórrer. La realitat era que algú havia disparat al protagonista i, en el procés, havia acabat amb tota esperança de pagament per a la resta. També havia eliminat qualsevol possibilitat que Westwick Corners es convertís en el Hollywood del nord prompte.

—Ja soc aquí.

La veu del Tyler va fer eco quan es va dirigir cap a mi i cap al cos sense vida del Dirk que tenia a poca distància. Tenia el rostre inexpressiu, excepte pels llavis premuts.

—L'Amber m'ho acaba de dir.

—La tieta Amber? Suposo que les notícies volen. —Vaig arrufar el front—. Creia que ja havia marxat del set.

El Tyler em va indicar amb el cap que l'Amber es trobava a pocs metres de distància.

Vaig seguir el Tyler mentre caminava cap al cos sense vida del Dirk. Va trucar la unitat d'investigació des del seu mòbil. Westwick Corners era massa petit per tenir el seu propi personal forense i investigador, així que, com a xèrif, havia de confiar en la unitat de CSI de Shady Creek, a una hora de distància. El Tyler hauria d'apanyar-se tot sol fins que arribessin els reforços.

Em vaig sentir alleujada i confosa per veure de nou la tieta Amber al set.

—Suposo que estava tan ocupada veient el rodatge que no m'havia adonat que era allà.

—Deu d'haver estat un caos entre el rodatge i tot això —va dir el Tyler—. Conta'm què ha passat.

Vaig relatar el que havia vist.

—No he vist res d'estrany. L'escena del tiroteig nomes seguia el guió, excepte que quan va acabar la gravació, el Dirk Diamond no es va aixecar.

El Bill es va obrir pas davant de mi per atreure l'atenció del Tyler.

—Per si algú m'acusa, no he estat jo. No he matat el Dirk.

—Ningú ha dit que ho hagi fet. —El Tyler es va agafar la barbeta, pensatiu—. Per què creu que sí?

—Perquè algú ha manipulat una de les meves pistoles carregant-la amb bales de veritat. —El Bill es va portar una mà al cabell llarg pentinat de costat per intentar dissimular la seva calvície—. No sé com ni quan, però em volen tirar la culpa. Les meves pistoles no estaven carregades.

El Tyler va arquejar les celles.

—On era durant el tiroteig?

El Bill va posar expressió avergonyida.

—Fora, fumant. Però nomes després d'entregar les armes. He revisat personalment totes les armes per comprovar que tinguessin bales de foqueig. Algú deu d'haver-les manipulat.

—Hi ha testimonis? —va preguntar el Tyler traient-se una llibreta de la butxaca—. Qui ha tingut accés a les armes?

El Bill va mirar al seu voltant amb nerviosisme.

—Bé, la Pearl m'ha estat ajudant.

—Encara que mai ha tocat les armes.

Vaig fulminar el Bill amb l'esguard, enfadada per les seves repetides insinuacions sobre la implicació de la tieta Pearl. També em molestava que ella hagués decidit desaparèixer, deixant-me sola per defensar-la.

De fet, estava tan enfadada amb el Bill per voler culpar la tieta Pearl que vaig estar a punt de llençar-li una maledicció. Tanmateix, això no canviaria res. En qualsevol cos, només sabia de màgia blanca, pel que llençar una maledicció em resultava impossible. Tan de bo sabés algun encanteri per llençar sobre tota aquella gent. Si existia una cosa així, la tieta Pearl ho sabria.

D'altra banda, era irresponsable manipular una investigació criminal. Em vaig preguntar qui tindria un motiu. Encara que quasi tots odiaven el Dirk Diamond, era l'única raó per al seu manteniment. Amb la seva mort tots sortien perdent.

Almenys tots el que coneixia.

Vaig tornar l'atenció al Bill i el Tyler. La seva discussió es tornava més acalorada a cada moment.

—Només volia dir que la Pearl m'ha estat ajudant en general —va admetre el Bill—. Vaig comprovar les pistoles al camió abans de portar-les al set. Endavant, pot buscar al meu camió si vol. No trobarà cap bala.

—Ho faré —va dir el Tyler—. Mentrestant, no vagi enlloc. Necessitaré prendre-li declaració quan examini l'escena.

Va tenir la precaució de no dir escena del crim, però a jutjar per la seva expressió, ja havia conclòs que la mort del Dirk no havia estat cap accident.

—Oh oh.

Vaig mirar a l'altra banda del carrer i vaig veure l'alcalde Brayden Banks caminant enèrgicament cap a nosaltres. Semblava estranyament fora de lloc entre l'equip vestit de forma tan casual. Les seves sabates, pantalons i fins i tot la seva jaqueta obscura lluïen un suau color beis pel carrer polsós.

L'última cosa que volia el Brayden Banks era una mala publicitat. La penúltima cosa que volia era que el Tyler Gates mantingués el títol de xèrif. El Tyler i jo portàvem uns mesos sortint, des que vaig trencar el meu compromís amb el Brayden. En un poble tan petit hi havia poques coses més incòmodes.

—Cen. —El Brayden em va saludar amb el cap bruscament abans de dirigir-se al Tyler—. Alguna pista, xèrif?

El Brayden detestava Westwick Corners fins i tot sense el rodatge, però la imatge d'èxit que volia donar estava acuradament cultivada. Deuria saber-ho. El meu ex promès sempre havia pensat que estava destinant a alguna cosa més gran que Westwick Corners.

—Acabo d'arribar —va dir el Tyler—. Els tècnics de Shady Creek estan de camí.

—Genial. Necessitaràs tota l'ajuda que puguis aconseguir.

L'amenaça del Tyler no ens va passar desapercebuda ni a mi ni al Tyler. Ser l'alcalde de Westwick Corners era simplement el seu trampolí per a arribar més lluny. Almenys així era com el Brayden veia el món. Qualsevol obstacle al seu camí havia de ser ràpidament eliminat.

La mirada del Brayden es va desviar al cos sense vida del Dirk i al set de rodatge. Va fer un gest de neteja amb la mà dreta.

—Vull totes aquestes càmeres fora, tots els telèfons mòbils requisats. Els periodistes vindran com mosques a la mel. No volem que vinguin un fum de mitjans que ho banalitzin tot.

L'alcalde Banks no volia mala publicitat per a Westwick Corners. No pel bé del poble, sinó pel seu propi. Faria tot el que calgués per ascendir.

El Tyler semblava prendre's bé la parsimònia del Brayden, però jo estava a punt de treure fum. Jo també era part de la premsa. No sabia què era pitjor: si que el Brayden oblidés que era periodista o que parlés de nosaltres com insectes.

Havia de controlar-me. El Tyler necessitaria la meva ajuda per mantenir la seva feina. El Brayden estava preparat per aprofitar qualsevol oportunitat per acomiadar el Tyler si la investigació no concloïa ràpidament.

El Brayden va mirar al seu voltant per assegurar-se que no hi havia ningú a prop.

—Tens fins a mitjanit per trobar i arrestar l'assassí. Si no ho aconsegueixes, perds la feina.

# CAPÍTOL 8

$\mathcal{E}$ ls tècnics de Shady Creek van arribar en temps rècord per processar l'escena mentre el metge forense examinava el cos del Dirk. Mentre la policia de Shady Creek proporcionava assistència CSI, l'únic personal investigador que hi havia allà era el Tyler.

Assassinat o no, el nostre poblet no tenia pressupost per més empleats, ja fossin contractats o prestats per Shady Creek. En part era perquè ens ho podien permetre, però es devia majoritàriament a un motiu més obscur. El Brayden Banks estava intentant preparar el fracàs del Tyler, i no podia deixar que això ocorregués.

Em vaig girar cap al Tyler.

—No confiscaràs tots els mòbils com ha dit el Brayden, oi? Sé que és el que vol, però això començaria una revolta i li donaria la publicitat que diu que no desitja. Seria contraproduent.

El Tyler va negar amb el cap.

—Això només farà que cridem l'atenció. Però he d'evitar que interfereixi. —Em va fer l'ullet—. Potser em pots ajudar una mica.

—És clar.

Mai usava la màgia de manera frívola, però si alguna ocasió ho justificava, era aquella. Vaig centrar la vista en el meu ex promès, pensant que no ocorria sovint que llancés dos encanteris en un mateix dia. Vaig mirar al meu voltant per assegurar-me que ningú ens escoltava i em vaig tornar a centrar en el Brayden.

Vaig xiuxiuejar l'encanteri.

*Números ennuvolats, ment ennuvolada.*

*Oblida-ho tot, dorm, somia.*

*Despertaràs i no recordaràs res.*

*Ni preocupacions, ni problemes.*

*Que els darrers deu minuts s'esfumin ja.*



VA FUNCIONAR en el Brayden igual que havia fet anteriorment amb la tieta Pearl. Em vaig sentir orgullosa i culpable alhora quan observava el Brayden marxar. Va creuar el carrer cap a l'ajuntament rascant-se el cap.

—Ben fet, Cen.

Vaig saltar en escoltar la veu de la tieta Pearl. No m'havia adonat que l'Steven i ella tornaven cap a nosaltres. A jutjar per l'expressió despreocupada de l'Steven, desconeixia el que acabava de passar al Dirk.

—Les teves lliçons estan donant resultats —va dir en veu baixa—. Al cap i a la fi, potser que sí que siguis una bruixa.

La vaig agafar del braç quan va passar.

—Hem de parlar. El Dirk Diamond és mort de veritat.

Vaig assenyalar el cos del Dirk, ara cobert amb una manta.

La tieta Pearl es va girar per mirar-me. El seu rostre romania inexpressiu, pel que no sabia dir si estava bromejant o no.

—Què dimonis veu la gent en aquell Dirk Diamond? Exagera tant que ni tan sols sembla real. Fins i tot la seva posa de cadàver sembla falsa.

—No estem en una classe de ioga, tieta Pearl. És real —vaig dir—. El Dirk és mort de veritat.

—No em sorprèn amb una actitud així. —La tieta Pearl va negar amb el cap—. Aquesta pel·lícula serà un fracàs en taquilla.

—Espera, ho he sentit bé? El Dirk Diamond és mort? —El rostre de l'Steven va empal·lidir quan em va mirar primer a mi i després a la tieta Pearl—. No pot ser veritat. Hem rodat una escena fa tan sols uns minuts.

—Ha passat exactament en aquell moment. Una de les armes estava carregada amb munició real.

Vaig recapitular el que sabia.

L'Steven va escoltar i va ordenar els seus pensaments.

—És impossible! No pot ser mort. —Semblava estar a punt de desmaiar-se—. Açò ho canvia tot.

Vaig lluitar contra l'impuls d'anar a buscar la tieta Amber. El que acabàvem de presenciar havia estat un horrible accident o un assassinat. Els minuts següents eren crítics per a l'obtenció de proves i testimonis. Era una feina per al Tyler i la policia de Shady Creek, però jo havia d'evitar que la gent marxés.

La tieta Pearl no semblava afectada. Va passar pel meu costat i es va dirigir directament al Bill, que seguia al voltant de les seves caixes i accessoris.

El Tyler no era l'únic amb molta feina per davant.

La vaig seguir i la vaig agafar del braç abans que pogués molestar el Bill.

—Has vist la tieta Amber?

Se'm va passar pel cap que no sabia que era real i que era màgia. Sabia que la tieta Amber havia usat la màgia per a portar la pel·lícula a Westwick Corners. Podria haver arribat tan lluny?

Cabia la possibilitat, encara que fos remota, que el tir del Dirk no fos real. Però en el fons, sabia que no era el cas. La tieta Amber sempre seguia les regles i ho feia tot al peu de la lletra. Almenys, quasi sempre. Encara que hagués usat la màgia per portar el rodatge al poble, no havia interferit quan l'Steven la va acomiadar. No havia usat els poders per recuperar la seva feina i definitivament no els usaria per matar algú.

Així i tot, havia de trobar-la. Potser hi hagués algun mode de revertir la tragèdia.

—L'última vegada que he vist l'Amber estava pels camerinos —va dir la tieta Pearl—. Suposo que ara ningú té feina.

Vaig tornar la meva atenció a l'escena. Hi hauria prop de cinquanta persones rondant al nostre voltant. Els ànims eren foscos. Encara que tots estaven en estat de xoc, ningú semblava devastat, ni tan sols sorprès per la mort del Dirk. Això m'estranyava, ja que tots havien treballat junts durant anys en nombroses pel·lícules.

—Com és possible?

Una capa de suor es va formar al front de l'Steven Scarabelli.

—No m'ho puc creure. És realment mort. —El Rick Mazure va negar amb el cap mirant el cos del Dirk—. Se n'ha anat sense més ni més. Què fem, Steven?

—Ja pensarem alguna cosa —va dir l'Steven, encara que no semblava gaire convençut.

L'Arianne estava histèrica.

—Què ha passat, Bill? No has comprovat les armes abans de repartir-les? Aquella pistola tenia una bala de veritat. Qualsevol de nosaltres podia haver acabat ferit.

—No pot haver sigut cap de les nostres armes —va dir el Bill—. Només tenien bales de foqueig.

—No estic segur del que farem amb el Dirk. —El Rick es va posar dempeus—. No puc treure'l del guió exactament. És l'estrella.

—Ha d'haver algun mode d'arreglar-ho. Potser empalmar la pel·lícula amb tomes antigues?

L'Arianne es va girar cap al Bill.

—Aquesta vegada l'has fotut, Bill. Les armes han vingut de tu i de cap altre. Com podries no saber que una de les pistoles tenia una bala real? No les comproves abans de repartir-les?

La tieta Pearl va obrir la boca, sorpresa.

—Oh no.

Em vaig girar per enfrontar-la.

—Què has fet?

I si el tir mortal havia estat conseqüència d'un encanteri que havia sortit terriblement malament? La tieta Pearl no era de les que admetien els seus errors, ni tan sols per una cosa tan tràgica com un tiroteig accidental. Bruixeria o no, el més probable era que el Bill fos acomiadat. La tieta Pearl desitjava la seva feina, el que seria un desastre.

Excepte que sense el Dirk no hi havia pel·lícula, així que, quines eren les possibilitats que la tieta Pearl aconseguís el que volia?

Zero.

—No entenc res. Vaig revisar les armes.

El Bill va mirar la tieta Pearl, però va romandre en silenci. Semblava estar pensant el mateix que jo: potser hagués desviat l'atenció de la tieta Pearl momentàniament mentre vigilava les armes. O potser la tieta Pearl havia perdut la moral.

El Bill va començar a suar i l'Arianne va buscar una cadira propera i va seure. Plorava silenciosament amb el cap entre les mans. L'Steven i el Rick estaven junts a pocs metres de distància. El Rick em donava l'esquena, però per l'expressió de pànic de l'Steven vaig comprendre que estaven discutint què fer a continuació.

La resta de l'elenc i l'equip estaven a pocs metres de distància, formant petits grups i parlant en veu baixa. Les seves veus arribaven fins a nosaltres, especulant sobre el que acabava d'ocórrer i el que passaria a continuació.

El Dirk Diamond era popular entre les pantalles, però semblava ser que tenia més enemics que amics. Tanmateix, tots els present depenien d'ell per al seu manteniment, així que no tenia sentit que cap d'ells el matés. La seva aparició era l'únic motiu perquè la pel·lícula triomfés, el que convertia tots els presents en improbables culpables. Si algú el volia mort, per què no esperar que acabés la pel·lícula? A més, això hauria significat tindre molts menys testimonis.

El Tyler assenyalà la lona que cobria mitja dotzena de taules prop de la furgoneta.

—Necessito que tots netegin el set. Seu allà, Cen, i assegura't que no marxa ningú. Els prendré declaració a tots en uns minuts.

Vaig assentir encara que l'Steven ja havia ordenat l'elenc i l'equip que el seguissin. Es van congregar al voltant de les taules amb tots els ulls dirigits cap a nosaltres. A aquelles altures, la majoria de la gent havia entès la gravetat de la situació. La resta dels actors de l'escena del robatori semblaven atordits, ja que podrien haver estat ells els qui haguessin rebut el tir fatal.

Jo seguia convençuda que la bala estava destinada al Dirk des del començament. Però, com demostrar-ho?

El Bill es va quedar al set.

—Ni se us acudeixi culpar-me d'això. Totes les meves armes tenien bales de fogueig. Les he comprovat totes abans d'entregar-les, com faig sempre.

—Què vol dir, Bill? Insinua que jo vaig carregar les armes?

La tieta Pearl mostrava una posa desafiant amb les mans als malucs.

—És massa prompte per treure conclusions.

El rostre del Tyler romania inexpressiu mentre estudiava el revestiment del projectil.

—Algú tenia una arma carregada. Ja fos una de les seves pistoles d'utillatge o una arma que algú ha portat al set. Segur que les ha comprovat totes?

—És clar que n'estic segur. Ni tan sols tinc bales. —El Bill va assenyalar el material d'utillatge amb la mà—. Endavant, revisi totes les meves coses. Les armes estan en una caixa petita dins de la caixa gran de fusta que hi ha allà.

—Ho faré prompte.

El Bill va exhalar, visiblement alleujat. Va mirar cap a la furgoneta on l'esperaven tots els altres.

—D'acord. Em prendré un cafè.

La tieta Pearl va assenyalar el Bill mentre caminava amb dificultat cap al remolc.

—No és molt bo ordenant els trastos.

El Bill va fer mitja volta.

—L'he escoltat. Precisament vostè no deuria anar fent acusacions, Pearl.

El Tyler va aixecar la mà.

—No se'n vagi gaire lluny, Bill. Tinc preguntes sobre les armes.

—Dispari —va dir la tieta Pearl aixecant la mà—. Puc respondre a les seves preguntes. A diferència del Bill, jo he estat aquí tot el temps.

—He preguntat al Bill. Em posaré amb vostès després.

El Tyler va arrufar el front mostrant una expressió de frustració. Ja tenia bastants problemes com perquè damunt es fiqués al mig la tieta Pearl.

Vaig mirar la tieta Pearl, enfadada per la seva contestació. No havia estat tot els temps junt al decorat com afirmava. L'havia vist allunyar-se del set amb l'Steven abans que s'escoltessin els tirs. Clarament, estava mentint, encara que no podia dir exactament quan se n'havia anat.

El Tyler ens va indicar que el seguíssim i ens vam dirigir a l'àrea de treball del Bill. Va assenyalar la caixa que el Bill havia indicat.

—Està tancada. Tens la clau?

Vaig sospirar alleujada. El pany descartava la tieta Pearl. Tret que tinguéssim en compte que podia haver usat la màgia, però no tenia motius per matar una estrella que ni coneixia.

El Bill va assentir. Es va treure un clauer de la butxaca davantera i li'l va entregar al Tyler.

El Tyler va obrir la caixa amb una mà enguantada. Va obrir la caixa de fusta i va mirar dintre. Va treure una altra caixa més petita, també tancada.

—Usa la clau daurada petita —va indicar el Bill.

El Tyler va obrir la caixa i va mirar al seu interior. Era de vellut vermell amb sis motlles en forma de sis armes.

—Hi ha lloc per a sis armes, però només s'han usat cinc.

—Era així quan he repartit les pistoles —digué el Bill—. En faltava una.

—Podria haver-ho dit abans. —El Tyler va agafar una de les armes de cas i la va girar en la mà examinant-la atentament. Va mirar les bales i va repetir el procés amb totes i cadascuna de les armes—. Com ha dit, no estan carregades.

El Bill va exhalar, visiblement alleujat.

—Algú ha portat la seva pròpia arma.

—Qui té la clau d'aquesta caixa? —va preguntar el Tyler.

—Només l'Steven i jo. La seva és per precaució, per si la meva es perdés.

El Bill va assentir mirant l'Steven i la resta.

—No em sorprendria que la perdés —va comentar la tieta Pearl—. Sembla que no pot vigilar res, ni l'arma ni les claus.

—Centrem-nos —vaig dir.

La tieta Pearl podia desviar fàcilment la investigació i no teníem temps per a això.

El bill va maleir entre dents.

—Se suposa que vostè estava vigilant, Pearl. És tan culpa seva com meva.

Vaig estirar la tieta Pearl just quan va obrir la boca per respondre.

—No és moment de discutir, tieta Pearl. Deixa que tingui l'última paraula.

Es va desfer de la meva mà i va mostrar el puny al Bill.

—No penso anar a la presó per l'error d'aquell home.

—Ningú anirà a la presó.

Va ser com veure l'acumulació de cinquanta vehicles a la carretera interestatal un segon abans de l'impacte. Saber que el desastre estava a punt d'ocórrer i no poder fer res per impedir-ho. Excepte que era una bruixa. Igual si que hi havia alguna cosa que pogués fer.

# CAPÍTOL 9

'inquietava veure tota la gent movent-se d'un costat a un altre. El Tyler no podia controlar-ho tot, ni tan sols amb la meva ajuda. Així que vaig fer el que faria qualsevol xicota en pànic: fer-me càrrec de la situació.

Les circumstàncies no em van deixar més remei que llençar un encanteri de congelació.

Vaig tancar els ulls i vaig murmurar les paraules que recordava haver llegit en Perles de Saviesa, l'enorme llibre d'encanteris de la tieta Pearl. Vaig lamentar profundament no haver-lo estudiat millor i esperava no haver empitjorat les coses encara més.

La manca de confiança en es meves habilitats per llençar encanteris havia creat petits desastres amb encanteris que havien sortit malament, principalment a causa de la meva tendència a pensar massa. De fet, els meus encanteris només funcionaven amb aquest tipus de situacions, quan calia una acció ràpida. Simplement no tenia temps per pensar-m'ho, encara que semblava imprudent usar els meus poders sobrenaturals sense pensar les coses.

Vaig obrir els ulls lentament, ansiosa i esperançada alhora. Què passaria si m'equivocava en una paraula? Sorprenentment, va funcionar.

Tots, incloent-hi la tieta Pearl, havien quedat congelats. L'ús de la màgia era l'últim recurs, però vaig sentir que estava justificat. Havia de fer que el Bill i la tieta Pearl deixessin de barallar per poder continuar la investigació.

Havia llençat més encanteris en un sol dia que en tot un any, i encara no era migdia. Si no hagués ocorregut una tragèdia, m'hauria pres un moment per celebrar el meu assoliment sobrenatural. Però, em vaig adonar horroritzada que no hi havia temps per delectar-se.

La tieta Pearl ja estava sortint de l'encanteri. No havia estat tan efectiu en ella com en la resta de la gent.

Es va rascar el cap, confosa, com si acabés de despertar en un lloc estrany. Els seus ulls es creuaren amb els meus.

—Què dimonis passa? Acabes de...?

—Encantar-te? Sí, ho sento, però no m'has deixat elecció.

Vaig mirar al meu voltant, agraïda perquè les altres cinquanta persones seguissin congelades al seu lloc. Els encanteris funcionaven de manera diferent segons la persona i, d'algun mode, la tieta Pearl havia desenvolupat tolerància. Probablement per les constants pràctiques de la tieta Amber amb ella quan eren petites. La tieta Pearl va fer una ganyota com si hagués provat alguna cosa àcida.

—Suposo que al cap i a la fi sí que has après alguna cosa de mi.

La màgia sense pràctica podia tenir repercussions ben serioses. Un encanteri fallit ja era prou dolent, però pitjor encara eren les conseqüències indesitjades. No sempre es podien desfer. Per aquesta raó sempre dubtava a l'hora d'usar la màgia.

La tieta Pearl, ja amb el cap clar, va fer palmes d'alegria mentre observava la resta de la gent congelada en les seves accions.

—Ben fet, Cen! Veus com és possible quan ho intentes?

—Deixem clara una cosa. Has de deixar de banda la teva discussió amb el Bill, d'acord? Deia que el xèrif faci la investigació i t'absoldrà. No cal barallar-se amb el Bill.

—El xèrif Gates? —va bufar la tieta Pearl—. Em té mania. Està a punt de culpar-me, així que he de defensar-me.

Vaig mirar el Tyler que estava immòbil al costat del Bill.

—Açò et supera, tieta Pearl. Si us plau, coopera d'una vegada. Pel bé de tot el poble.

Vaig veure una mica de moviment de cua d'ull. Alguns havien començat a moure's, incloent-hi el Bill. L'encanteri s'havia trencat.

El Bill va sacsar el cap i va mirar al seu voltant, confós, abans de girar-se cap a la Pearl.

—Sí... una relliscada més i faré que et facin fora del set.

—Ah, sí?

La tieta Pearl es va plantar a pocs centímetres del Bill, amb les mans descansant sobre els malucs ossuts.

La vaig fulminar amb la mirada.

—Tieta Pearl, no hi ha temps...

—D'acord, això és tot. —Va dir el Bill amb la cara encesa—. Estàs despatxada. Surt d'aquí ja!

La tieta Pearl va maleir entre dents.

—Em va contractar l'Steven. Tu no tens autoritat per a...

—Pareu tots dos —vaig interrompre bruscament—. Ningú va enlloc fins que el xèrif ho digui.

Vaig sentir una gran quantitat de mirades sobre mi i em vaig adonar que tots estaven conscients de nou. I havia sobrepassat la meva autoritat.

El Tyler ens mirava amb expressió confosa.

—M'he perdut alguna cosa? Creia que parlàvem de les armes.

Em vaig girar cap a ell i vaig arronsar les espatlles.

—Ens hem desviat una mica.

Però el Tyler no ens escoltava. Va col·locar la caixa de pistoles en la taula del Bill, es va inclinar i va ficar les mans a l'interior.

—Un moment. Hi ha alguna cosa més aquí en el fons. Per què no estava aquesta pistola al seu lloc?

Sostenia una arma idèntica a les altres.

El Bill va arrufar el front.

—És la pistola que havia perdut. Com ha tornat a la caixa? Abans no era aquí.

—Segur? —ve preguntar el Tyler arrufant el front—. Em preocupa que no hagi mencionat la pistola desapareguda la primera vegada que t'he preguntat.

—No creia que fos un problema perquè els actors soles agafar les meves coses quan les necessiten. Segur que algú té una còpia de les meves claus. Sempre em falten coses, així que no m'ha estranyat que faltés una pistola. A vegades és impossible fer la meva feina. —Va negar amb el cap mentre assenyalava l'arma—. Deixi'm veure-la.

El Tyler la va apartar del seu abast.

—La pot veure, però no tocar. No vull destruir cap prova.

El Bill va deixar caure la mà i va entornar els ulls davant de la pistola.

—És la meva pistola. Té el meu gravat al canyó. No sé quan han pogut tornar-la a ficar a la caixa.

Estava pàl·lid i suava visiblement.

—Potser que la deixés a la caixa i se li oblidés. —El Tyler va olorar el canyó—. El problema és que l'han disparat fa poc.

El Bill es va rascar el cap.

—No és possible. He buidat la caixa gran aquest matí buscant la pistola que faltava. Definitivament no hi havia cap arma, perquè ho he comprovat dues vegades. Tampoc estava en la caixa de armes del meu camió, així que ha d'haver-la agafat algú abans de començar el rodatge.

—Potser la va passar per alt. —El Tyler va entornar els ulls—. On era abans que comencés el tiroteig?

—Aquí —va dir el Bill—. Acabava de repartir les armes i anava a guardar la caixa.

—Segur que no l'ha deixat desatesa en cap moment? Ni un minut?

—Bé... només cinc minuts quan he sortit a fumar. Però la Pearl ha estat aquí tot el temps, oi, Pearl?

La tieta Pearl va assentir.

—No m'he apartat dels decorats. I no he vist ningú.

El Bill va assenyalar la furgoneta.

—He de parlar amb l'Steven. Vingui a buscar-me si em necessita.

El Tyler, la tieta Pearl i jo vam observar en silenci mentre s'allunyava.

El Tyler es va girar cap a la tieta Pearl.

—Ha vist o a sentit alguna cosa fora del normal durant el rodatge, Pearl? Algú més al set a banda dels actors.

—No. Excepte per l'Steven passejant-se pel decorat. —Va arrugar el front—. Semblava que estigués esperant que marxés o alguna cosa. Se'l veia nerviós.

—Què? —El Tyler va treure la llibreta—. Quan ha estat l'Steven aquí?

—Mentre rodaven l'escena. —La tieta Pearl em va mirar—. La Cen també ha estat aquí.

—Jo no he vist l'Steven. Quan l'he vist era allà. —Vaig assenyalar on l'Steven i la tieta Amber havien estat una estona abans—. Ell i l'Amber havien discutit abans del tiroteig.

—Estaven encara allà quan han sonat els tirs? —va preguntar el Tyler.

Vaig assentir i després vaig negar.

—No n'estic segura. Definitivament he vist la tieta Amber marxar del set. Pel que fa a l'Steven, no he estat mirant tota l'estona. No recordo haver-lo vist anar-se'n fins després, quan l'he vist marxar amb la tieta Pearl. —La vaig mirar en busca de confirmació—. Han creuat el carrer.

La tieta Pearl va assentir.

—Just després l'Steven ha vingut on érem la Cen i jo amb els decorats.

—Això no ho recordo —vaig dir negant amb el cap—. Només t'he vist a tu. Segur que m'hauria adonat si hagués estat l'Steven. Definitivament no he vist ningú obrir ni tancar la caixa.

El relat de la tieta Pearl no encaixava amb la meva memòria. S'equivocava o ho feia deliberadament per desviar la investigació del Tyler?

—Estaves massa ocupada veient l'escena. Almenys hauràs vist el tiroteig, o estaves també massa ocupada pensant en el teu xicot?

Un lleu somriure es va dibuixar als llavis del Tyler.

—Tornem al que importa. Pots recrear l'escena per a mi, Cen? A qui s'enfrontava el Dirk?

—No ho sé... ha passat tot tan ràpid. Hi havia un núvol de pols i massa gent com per poder veure alguna cosa —vaig dir—. Potser es vegi a les imatges de la pel·lícula.

—Bona idea —va reconèixer el Tyler—. Ho comprovarem.

—No arresta l'Steven? —va protestar la tieta Pearl—. Ni el Bill? Crec que son còmplices.

La tieta Pearl detestava tant el xèrif Tyler Gates que intentava fer-lo fallar constantment. Potser fos això el que intentava en aquell moment. Però no era el moment ni el lloc. Un home acabava de morir i el seu assassí estava lliure.

—Encara és prompte per a això. Estic recollint les proves. —El Tyler es va girar cap a mi—. Què més has vist?

Vaig mirar cap a les altres taules del càtering i vaig veure l'Steven entre la multitud. Estava parlant amb dues càmeres, però no parava de llençar-nos mirades.

Vaig contar el que havia vist.

—He vist l'escena, però m'he distret amb l'Steven i la tieta Amber discutint a l'altra banda del set. —Vaig assenyalar amb la mà el lloc on eren—. He sentit tirs, però no he sospitat res fins que no vist que el Dirk no s'aixecava. Simplement he pensat que serien part de la pel·lícula.

—Quants tirs han disparat? —va preguntar el Tyler.

—No me'n recordo... potser que una dotzena. —Em vaig enrojolar, sorpresa perquè un home hagués mort davant dels meus nassos i no recordés els detalls més bàsics—. Això importa? Vull dir, quasi totes eren bales de fogueig.

Em vaig sobresaltar quan vaig escoltar una veu femenina al meu costat.

—Puc tornar ja al meu camerino?

La màscara de pestanyes de l'Arianne corria per les seves galtes. Tremolava sense control, malgrat el temps càlid.

—He de fer-li unes preguntes abans que se'n vagi —va dir el Tyler —. Ha notat alguna cosa fora del normal en l'escena?

L'Arianne va negar amb el cap.

—No en el set. Però el Bill no m'ha donat l'arma que havia de donar-me. He hagut de venir aquí a per ella en l'últim moment.

El Tyler va arquejar les celles.

—On?

—A la caixa d'utillatge. —Va baixar la veu—. El Bill no és de fiar. Sempre està buscant escapar-se per prendre una copa i jo estava enfadada perquè no hi hagués ningú aquí. He hagut d'agafar-la jo sola.

—La caixa era oberta? —va preguntar el Tyler estranyat.

L'Arianne va assentir.

—Ho està sovint.

El Bill, que havia tornat uns segons abans, va maleir en veu baixa.

Vaig mirar la tieta Pearl, alarmada. Algú no deia la veritat.

—Tieta Pearl, segur que hastat aquí tot el temps?

La tieta Pearl va posar els ulls en blanc.

—Bé, igual he marxat un minut. El Bill m'ha cridat des del seu camió. M'ha dit que busqués una muntura que havia oblidat per alguna part del set.

Això devia haver passat abans de la meva arribada. Tanmateix, havia vist el Bill repartint les armes. Em vaig girar cap a l'Arianne.

—Quan has agafat la pistola?

L'Arianne va fulminar el Bill amb la mirada.

—Només un minut abans de començar a rodar. M'he adonat que tots tenien la seva excepte jo, així que he vingut a per ella. Suposo que el Bill s'ha oblidat de mi, com de costum.

El Bill va negar amb el cap.

Si l'Arianne se'n va adonar, no ho va demostrar.

—L'he agafada de la caixa i me afanyat per a anar al meu lloc. Aleshores hem rodat l'escena. —Va obrir la boca de colp—. He disparat jo la bala que ha matat el Dirk?

El Tyler no va respondre. En lloc d'això, es va girar cap al Bill.

—Això és cert? La caixa estava oberta?

—Si ho estava, no és culpa meva, és dels maleïts canvis de guió. No només volia canviar els ganivets per pistoles, sinó que afegia un cavall. T'ho pots creure? Un cavall. Havia de buscar una muntura de l'època i un cavall abans de la pròxima escena. I així i tot se'm culpa de tot el que surt malament per aquí.

—Deixa de culpar tots els altres, Bill. —L'Arianne li va mostrar el puny—. Només t'encarregues de l'utillatge. Tan difícil és això?

El Bill va girar els ulls en blanc.

—Quan he descobert que faltava una pistola, no tenia temps de fer res més. He suposat que ningú ho notaria amb tota l'acció.

L'Arianne es va enfadar.

—I has assumit que jo era menys important que la resta?

El Bill la va ignorar.

—Coneixent el Dirk, probablement hi hauria un altre canvi de guió. El que no entenc és com han tornat a deixar la pistola a la caixa sense que ningú se'n adonés.

El Tyler em va mirar fixament.

Estava pensant el mateix que jo.

El Bill, l'Arianne, la tieta Pearl o potser tots tres, mentien.

El rodatge de la pel·lícula i la fortuna que comportava estaven a punt d'esfumar-se. I l'única cosa que podia impedir-ho era la veritat.

# CAPÍTOL 10

*E*l Tyler necessitava la meva ajuda, ho sabés o no. Quasi segur que hi havia màgia involucrada almenys en un dels fets. I em preocupava que la tieta Pearl hagués manipulat les armes d'algun mode. Intencionalment o no, havia tingut conseqüències greus. I si les seves accions dificultaven la cerca de l'assassí?

O pitjor. I si les seves accions havien causat la mort del Dirk en primer lloc?

Vaig mirar el Tyler que seia front a un dels cameràmans, un home corpulent de cabell canós d'uns cinquanta anys. Cada entrevista només semblava ressaltar les discrepàncies sobre les armes. En lloc de noves pistes, tots els testimonis semblaven remetre's al Bill, a la tieta Pearl i a les seves conflictives declaracions. No havíem avançat res.

Vaig forçar l'oïda i vaig captar fragments d'una conversa mentre l'home relatava els moments previs al tiroteig i el Tyler prenia notes. Havia completat els interrogatoris preliminars amb la majoria de l'elenc i de l'equip, només quedaven uns pocs membres del repartiment per donar testimoni.

L'àrea de davant del banc on havien disparat el Dirk estava acordonada amb cinta groga de la policia. A l'Arianne li havien permès tornar al seu camerino. La majoria dels testimonis als quals havia interrogat el Tyler la situaven a l'escena, però darrere del Dirk. La trajectòria de la bala indicava que ella no podria haver-li disparat al pit. Encara que ningú havia estat descartat per complet, eren diversos els testimonis que confirmaven la ubicació de l'Arianne al set. La bala mortal no havia estat disparada per la seva arma.

La veu de la tieta Pearl es va elevar des d'on es trobava a pocs metres de distància.

—Per què no ha dit a ningú que faltava una pistola, Bill? Si vol la meva opinió, fa que sembli sospitós. Potser que vostè hagi matat el Dirk i ho estigui encobrint.

—Ningú li ha preguntat —va contestar el Bill.

—Bé, és hora que algú ho faci —va bufar la tieta Pearl—. Si m'ho pregunta, el xèrif Gates està malgastant un temps meravellós. Vostè també ha dit que no suportava el Dirk Diamond. I això no ho ha dit al xèrif. Amaga alguna cosa, Bill?

—No sigui ridícula. Admeto que odiava el Dirk, sobretot el mode en què turmentava l'Steven. Però matar-lo és com matar la gallina dels ous d'or. Ens deixa a tots sense feina. —Va aixecar les mans en l'aire—. No soc cap excepció, tots l'odiem. Però sense estrella no hi ha pel·lícula.

—Segur que puc trobar un nou talent. Un actor desconegut que no demani la lluna —va dir la tieta Pearl—. Encara hauria de pagar-li pel perill que comporta rodar aquesta pel·lícula. Pel que fa als actors, són bastant prescindibles avui dia.

En això estava d'acord amb la tieta Pearl. Tant la mort de la Rose Lamont com la del Dirk Diamond, eren, com a mínim, sospitoses.

El Bill va bufar.

—Tot aquest rodatge estava desorganitzat. Primer canviem d'ubicació en el darrer moment i després es reescriu tot el guió. No vaig mencionar que faltava una pistola perquè els actors solen estar per sobre de la llei. Aquí ningú segueix les regles.

Em sorprenia que ningú hagués explicat el motiu pel qual la ubicació del rodatge havia canviat de Hollywood a Westwick Corners. Encara que no crec que afectés els assassinats, era més fàcil fer-ho en un poble petit.

—Canviar de ganivets a pistoles sembla un canvi de guió important. Les reescriptures solen ser tan significatives? —vaig preguntar.

El Bill va girar els ulls.

—El Dirk canvia coses tot el temps. Però si em queixo em culpen. Mai dic res perquè he esgotat tots els meus favors en aquest entorn i no puc permetre que m'acomiadin. L'Steven es la meva última oportunitat per a aconseguir una feina. És l'únic disposat a contractar-me.

—Entenc que sigui la seva última oportunitat —va dir la tieta Pearl —. L'Steven té bon cor. Ningú més l'aguantaria tant de temps. Sempre toca el dos per beure.

—Vaig anar a fumar. Més acusacions d'aquest tipus i la faré fora. Només la tolero com un favor a l'Steven.

La tieta Pearl va bufar.

—Més aïna soc jo qui li fa un favor. Jo borratxa encara seria millor que vostè sobri. Segur que puc fer la feina més ben feta.

Era discutible perquè la tieta Amber havia fet que l'Steven contractés la Pearl. En l'improbable cas que la pel·lícula continués, vaig suposar que la tieta Pearl també perdria la feina, ja que la tieta Amber no es parlava amb l'Steven.

El Bill va aixecar els palmells de les mans per repel·lir la tieta Pearl.

—Ni ho pensi o faré que se'n penedeixi.

—M'està amenaçant?

La tieta Pearl tenia una posa desafiant amb les mans als malucs.

—Tieta Pearl, prou.

—Serà millor que cregui que la estic amenaçant. —El Bill va aixecar el puny en direcció a la tieta Pearl—. I que marxi abans que obri foc amb una d'aquestes pistoles.

De sobte, un mur de flames de tres metres es va aixecar davant de nosaltres. Em vaig protegir els ulls de la llum encegadora mentre el calor em cremava la pell. Em vaig apartar cap a enrere.

—Què dimonis...? —El Bill es va allunyar de les flames—. És pitjor del que pensava. Ens matarà a tots.

—Vostè és qui ha dit foc. Només segueixo les seves indicacions. — La tieta Pearl va parpellejar—. Hauria de ser més específic.

El Bill es va abalançar sobre la tieta Pearl amb el rostre vermell d'ira.

La vaig blocar just a temps.

—Pareu tots dos i ajudeu-me a apagar el foc. —La suor em corria per la cara a causa del calor. Vaig agafar la caixa de pistoles i la vaig apartar de les armes—. No és moment per a trucs, tieta Pearl. Els teus efectes especials i els teus dies com a ajudant de cinema han acabat oficialment.

—Però soc molt bona —va dir fent el petarrell.

—Apaga'l ja.

No podia desfer l'encanteri d'una altra bruixa. Podia llençar-ne un de nou, però en el calor del moment, la meva ment es va quedar en blanc.

—Vols que usi els poders?

Abans que pogués respondre, el Tyler va agafar una de les grans ampolles d'aigua i la va buidar sobre les flames. Tots vam tossir pel fum quan el foc es va extingir.

—Gràcies —va dir el Bill.

El Tyler va negar amb el cap i va tornar a l'home que estava interrogant.

La tieta Pearl ens estava ficant en un embolic encara més gran. Esperava que el Brayden no hagués vist les flames des de l'ajuntament a l'altra banda del carrer. L'Steven Scarabelli probablement estaria penedint-se d'haver posat un peu al nostre poble i no tornaria mai.

—Faci's a un costat i alegri'm el dia, Bill. No m'importa que m'acomiadi. Obriré la meva pròpia empresa d'efectes especials i m'asseguraré de no tornar a treballar en aquest poble.

—Per mi bé —va bufar el Bill—. No puc esperar a marxar-me d'aquest poblet. Però abans, m'asseguraré de crear-li una mala reputació. Ningú en la indústria cinematogràfica voldrà treballar mai amb vostè li ho asseguro.

—Serà millor que aquesta nit tanqui la porta —va dir la tieta Pearl somrient amb picardia—. D'altra banda, no es molesti, tinc la clau de la seva habitació. Encara que no necessiti claus per entrar enlloc.

—Què se suposa que significa això? —El rostre del Bill es va enrojolar—. És vostè qui ha manipulat els meus accessoris, oi? Ho sabia!

—Tieta Pearl, deixa-ho córrer. —La vaig apartar estirant-la i vaig xiuxiuejar—: T'adones que t'estàs incriminant?

Treure-li a la tieta Pearl les claus de les habitacions no seria suficient per mantenir sa i estalvi el Bill a l'hostal. Havia de distreure-la d'algun mode perquè oblidés la seva enemistat amb ell.

—Necessito la teva ajuda.

El seu llavi inferior sobresortia fent el petarrell.

—La gent diu que necessita la meva ajuda, però després és avorrit. L'Amber em va posar amb el Bill a propòsit, per mantenir-me fora del mig.

—Per això exactament et necessito. Vull que parlis amb la tieta Amber i descobreixis quin tipus d'encanteris ha usat per la pel·lícula.

Vaig mirar el Tyler. No voldria l'ajuda de la meva família perquè les meves tietes eren un imant per als problemes. Però el que no sabia és que li comportaria un problema encara major amb l'alcalde Brayden Banks.

—Per què molestar-se? Ja tens la pistola fumejant —va dir assenyalant el Bill—. Sabem que el Bill és tan culpable com el pecat. És massa incompetent per cobrir les seves empremtes i culpabilitat.

El Bill, que estava massa lluny per escoltar-nos, semblava entendre per on anava la conversa. Va assenyalar la tieta Pearl.

—És cert que el Bill és un mentider i no és massa bo en la seva feina. La seva història és sospitosa, però és més una pistola lenta que fumejant. Deixa'm a mi aquesta part. Necessito la teva experiència per a alguna cosa més. Per què a portat la tieta Amber *Atracament a migdia* a Westwick Corners en primer lloc?

—Vols que investigui la meva pròpia germana? No soc Gran Hermano. Ni tampoc la germana gran.

—Vols que ho faci una altra persona?

La tieta Pearl va negar lentament amb el cap mentre s'adonava de la situació.

—Dubto que la màgia matés el Dirk. Però fins i tot si l'Amber ha comés un error, sé que mai ho faria amb la intenció de matar.

—No sé què ha passat ni a qui culpar, però sé que la màgia va fer que la pel·lícula es rodés aquí. Cal separar la realitat dels muntatges, contràriament, la investigació podria anar en la direcció equivocada.

—Vols dir que el xèrif Gates podria anar en la direcció equivocada —va bufar la tieta Pearl—. El xèrif no veuria l'assassí encara que el tingués davant dels nassos. Per què hauria d'ajudar-lo?

—Fes-ho per mi, tieta Pearl. —Li vaig prémer el braç amb més força de la necessària—. I afanya't. No hi ha temps a perdre.

Només esperava que no fos massa tard.

# CAPÍTOL 11

*E*l Tyler i jo vam veure la tieta Pearl desaparèixer carrer avall en busca de la tieta Amber. Acabava de marxar quan vam veure el Brayden Banks dirigint-se cap a nosaltres amb el rostre vermell d'ira.

—Oh, oh. —Els ulls del Tyler van buscar els meus—. Problemes a la vista.

Vaig assentir amb cortesia cap al Brayden, però va evitar cautelosament la meva mirada.

Havien passat mesos des de la ruptura, però en un poble tan petit seguia sent una situació incòmoda. Ens trobem constantment per molt que intentem evitar-nos. A més que el meu nou xicot era un subordinat del Brayden. Si era difícil per a mi, encara pitjor era per al Tyler.

El Brayden va explorar el set abans de mirar el Tyler de cap a peus.

—Trobar l'assassí del Dirk Diamond és la prioritat. Deixa tota la resta i centra't en això. Ho necessitem resolt per a ahir.

—En això estic —va dir el Tyler.

El Brayden va negar amb el cap lentament com un pare decebut per un fill irresponsable.

—No veig que les coses avancin per aquí. No saps ni per on començar, oi?

—En realitat tenim alguns indicis...

—Indicis? —va grunyir el Brayden—. A aquestes altures ja deuries tenir l'assassí.

La única motivació com a alcalde del Brayden Banks era fer-se un nom per a ell i per a Westwick Corners, en aquest ordre. L'assassinat d'una estrella de Hollywood n'era el bitllet, sempre que es resolgués el cas. Sense dubte s'emportaria tot el mèrit.

El Tyler es va mantenir ferm.

—L'autòpsia es realitzarà demà i hem reduït la llista de sospitosos.

—He de fer la seva feina, xèrif Gates? Ho va fer l'Scarabelli, qualsevol se n'adonaria.

El mig somriure del Brayden em va dir que, malgrat les circumstàncies, gaudia de cada minut que passava renyant el Tyler en públic.

El Tyler va obrir la boca, però s'ho va pensar millor.

—L'has interrogat ja?

El Brayden colpejava amb el peu, impacient, mentre una fina capa de pols cobria les seves sabates italianes de pell de vedell.

El Tyler va negar amb el cap i va parlar en veu baixa.

—L'Scarabelli és el següent de la llista.

Em vaig sentir obligada a sortir en defensa del Tyler.

—Ja tenim la que és probablement l'arma del crim. Els científics encara han d'examinar-la.

—Ningú t'ha preguntat —va dir el Brayden bruscament.

El Tyler va prémer els llavis en una línia mentre intentava mantenir el control.

—Per què no has interrogat primer l'Scarabelli? —El Brayden va arrufar el front—. Es diu que ell i el Diamond han tingut problemes amb el contracte. Per això l'Scarabelli l'ha matat. No només resol el problema, sinó que rep els diners del segur. Sembla que no n'estaves al corrent.

—L'Steven Scarabelli va posar preu al cap del Dirk. No m'ho crec.

Vaig recordar que la tieta Pearl havia dit que l'Steven estava amb la caixa de decorats. El situava a l'escena, encara que jo no l'havia vist, i això que estava amb ella. Els nostres testimonis visuals eren contradictoris. O un dels dos estava equivocat o mentia.

El Brayden va negar amb el cap.

—Ets un ingenu. L'Scarabelli sabia que el Dirk seria difícil, potser fins i tot deixés la pel·lícula. Va fer pòlisses de segur per als protagonistes. Va matar el Dirk per aconseguir els diners del segur. A més de no haver d'aguantar una estrella histèrica, ni tan sols ha d'acabar la pel·lícula. És el seu fons de jubilació.

Vaig recordar la sobtada mort de la Rose Lamont. Potser algú volia la parella morta, però l'Steven Scarabelli no em semblava un sospitós probable. Una seqüela exitosa faria més taquilla que qualsevol segur. Era difícil treballar amb el Dirk, però per a l'Steven era encara més difícil guanyar-se la vida sense ell. No podia filmar la seqüela sense les seves estrelles. Era evident que l'Steven estimava la seva feina. No me l'imaginava fent res que pogués malbaratar-ho. A més, tots semblaven estimar-lo.

Tots excepte el Dirk.

Algú va panteixar al meu costat. Em vaig girar per veure la tieta Amber. Anava del braç de la tieta Pearl.

—És cert? El Dirk és realment mort? —Tenia els ulls vermells de plorar i la màscara de pestanyes li relliscava per les galtes—. Què passa amb la pel·lícula?

—El rodatge està en pausa de moment —va dir el Tyler—. Hi ha un assassí lliure.

La tieta Amber es va portar una mà al pit.

—Mare meva, com a protagonista femenina és probable que sigui la següent. Primer la Rose i ara el Dirk. Necessito protecció policial. La meva vida corre perill!

El Brayden girar els ulls en blanc.

—Està segura, Amber —va dir el Tyler—. Li ho prometo.

El Brayden va bufar, però no va dir res.

—T'han acomiadat, recordes? Ja no ets part de la pel·lícula.

Les paraules em van sortir soles sense que pogués contenir-les.

La boca de la tieta Amber es va obrir.

—Ho sabies? Fins i tot abans que jo? Cen, ets pitjor que l'Steven. La meva pròpia sang traint-me! Creia que l'Steven era el meu amic, però només estava aprofitant-se de mi.

—Ho sento, tieta Amber. Ho he escoltat just abans que l'Steven parlés amb tu.

Havia exposat el seu secret sense saber-ho i ara tothom sabia que l'havien acomiadat. Entenia que estigués enfadada, però no hi havia temps per a sentiments ferits amb un assassí entre nosaltres.

El Brayden va dirigir a l'Amber un esguard estrany i confós.

El Tyler es va girar cap al Brayden.

—D'on has tret aquesta informació sobre l'Scarabelli?

—Soc amic del fiscal del districte de Los Angeles —va dir el Brayden—. Porten mesos investigant l'Scarabelli. Està molt endeutat i quasi en bancarrota. Tot el seu futur depenia d'aquesta pel·lícula.

Sense dubte, el nostre petit poble s'ompliria prompte de periodistes disposats a donar al Brayden el minut d'or que tant desitjava. I no deixaria passar les seves connexions amb l'oficina del fiscal de Los Angeles.

—Aleshores matar el Dirk Diamond no té sentit —vaig dir—. L'Steven Scarabelli hauria guanyat milions amb aquesta pel·lícula. Per què matar l'estrella principal?

Estava quasi segura que l'assassí del Dirk era part de la pel·lícula, però el meu instint em deia que no havia sigut l'Steven Scarabelli. A més de ser estimat i respectat, li encantava fer pel·lícules. No podia veure l'Steven matant l'estrella que li faria guanyar milions.

La tieta Amber va panteixar.

—L'Steven estava desesperat, però no mataria ningú. Ni tan sols per diners. Sé que tenia un pressupost ajustat, però matar el Dirk no milloraria les coses. Hauria guanyat molts més diners en taquilla. Només tenia problemes de liquiditat temporals.

—No em sorprèn que aconseguires el paper —va bufar la tieta Pearl—. No podia trobar ningú per aquest preu i estava desesperat per completar el repartiment. Sabia que hi havia gat amagat.

—Dubtes del meu talent?

La tieta Amber es va posar les mans als malucs.

Em vaig interposar entre les meves tietes.

—No és moment de barallar. Hem de fer tot el possible per trobar l'assassí.

Les celles de la tieta Pearl es van unir.

—Primer la Rose Lamont i ara el Dirk Diamond. Diria que el Brayden té raó. L'Steven Scarabelli ha trobat una nova font d'ingressos. Estiguis alerta, Amber. Segur que també té una pòlissa de segur per a tu.

—Això és ridícul. L'Steven és un idiota, però no és cap assassí.

Una espurna de dubte va creuar el rostre de la tieta Amber durant una fracció de segon abans de ser reemplaçat per la ira.

—Si em va acomiadar, segur que no era per cobrar el segur.

—Igual no importa si ets part de la pel·lícula o no —va dir la tieta Pearl amb superioritat.

—Clar que importa! —La veu de la tieta Amber es va trencar mentre les llàgrimes li queien per les galtes. No sabia si estava més molesta pel seu acomiadament o pels suposats motius de l'Steven.

—Tieta Pearl! No especulis sobre coses així. És perillós.

Vaig fer el gest de tallar-me el coll amb el polze. No volia ficar més idees boges al cap del Brayden.

—L'Scarabelli i el Diamond havien tingut molts encontres darrerament. La gent deia que el Diamond estava a punt de deixar l'Scarabelli. Per tecnicismes amb el contracte o alguna cosa així —va dir el Brayden—. L'Scarabelli estava profundament endeutat.

Això coincidia amb l'argument que havia escoltat abans, a excepció de la part del contracte, ja que el Dirk Diamond encara no l'havia firmat. Pel que sembla, la font del Brayden desconeixia aquell detall.

—Ho investigaré —va prometre el Tyler.

—Serà millor que facis alguna cosa més que investigar-ho —va dir el Brayden—. Vull l'Scarabelli entre reixes al final del dia. Si no trucaré la policia de l'estat de Washington.

—No tenim motius per arrestar-lo —va protestar el Tyler—. Necessito fer una investigació completa abans d'arribar a alguna conclusió.

La tieta Pearl va aixecar la mà com si fos una estudiant de primària.

—I què hi ha del cap d'uti...

Li vaig posar una mà a la boca.

—No importa.

—Hi ha risc de fuga, xèrif Gates —va afegir el Brayden amb el front arrufat—. O l'arresta o buscaré algú que ho faci en el seu lloc.

El Tyler va obrir la boca per respondre, però s'ho va pensar millor. Hi va haver un llarg silenci fins que es va decidir a parlar.

—D'acord. Arrestaré l'assassí abans que acabi el dia. Té la meva paraula.

# CAPÍTOL 12

*L*a presó del comtat de Westwick Corners estava ubicada en la planta principal de l'ajuntament i consistia en tres habitacions, quatre si es tenia en compte l'única cel·la. Vaig seure sola en un dels despatxos contigus a la sala d'interrogatoris. Tenia la mirada centrada en la gran finestra de vidre de dues vies darrere de la qual el Tyler interrogava l'Steven Scarabelli. Estava allà com a testimoni, però també per si necessitava corroboració davant del tribunal. L'interrogatori estava sent gravat, però com l'equip de vídeo era antic i a vegades no funcionava, jo era el seu espatller.

De forma no oficial, també ajudava el Tyler prenent notes i observant el llenguatge corporal de l'Steven. És cert que jo no era policia, però com a periodista d'investigació, era bona detectant les anomalies que conta la gent sovint quan està sota pressió. No era estrany que els meus pressentiments desvelessin secrets, i esperava que ocorregués aquell dia també. El Tyler havia de resoldre l'assassinat del Dirk ràpidament si volia evitar els intents d'acomiadament del Brayden. No tenia més oportunitats de treball al poble, i l'últim que desitjava era tenir una relació a llarga distància.

El Tyler i l'Steven seien un front a l'altre a la taula. L'angle de la càmera em proporcionava una clara visió de l'Steven, que s'inclinava cap a endavant amb els braços sobre la taula. Semblava ansiós per cooperar i aclarir qualsevol dubte. Al Tyler el veia de perfil. Es va fer cap a enrere i va deixar parlar l'Steven.

La veu de l'Steven Scarabelli es va anar trencant a mesura que es frustrava cada vegada més.

—Juro que no m'he apropat ni a l'utillatge ni a l'arma. El seu testimoni menteix.

El testimoni del qual parlava era la tieta Pearl, que havia desaparegut convinentment després de l'arrest de l'Steven. Eren poc més de les quatre de la tarda. El termini s'acurtava, però encara estàvem molt lluny de la veritat.

—Està bé. Parli'm del contracte amb el Dirk. Per què no voldria signar? —va preguntar el Tyler.

—No en tinc ni idea. Li vaig donar tot el que demanava i més —va dir l'Steven—. Quan ho miro en retrospectiva, és quasi com si sabés des del començament que no signaria de cap de les maneres. Estava jugant amb mi. Com si volgués venjar-se,

—Per què faria una cosa així?

—Una mala ratxa? —va comentar l'Steven arronsant les espatlles i deixant-se caure contra el espatller de la cadira com si així es lliurés dels problemes—. Em sap mal parlar així d'algú que acaba de morir, però és la veritat. No sé perquè posava tantes complicacions. Jo el vaig introduir en aquest món, així que no sé perquè voldria fer-me mal.

—Encara que no és qui pitjor ha acabat. El Dirk és mort. —El Tyler es va inclinar cap a endavant—. Potser el Dirk volia deixar el contracte i a vostè no li va agradar.

—No, faig fer tot tipus de concessions. Li vaig donar coses a les quals normalment no rebutjaria com un gran percentatge dels guanys en taquilla. Coses que no podia permetre'm donar-li. Però ho vaig fer perquè no tenia elecció. No podia perdre la meva major estrella.

—Potser que en la calor del moment vostè perdés la paciència. Amb totes aquestes demandes irracionals...

La veu del Tyler es va apagar quan es va trobar amb la mirada de l'Steven. Aquest va aixecar els braços en senyal de protesta.

—Teníem les nostres diferències, però tenia menys raons que

ningú per matar-lo. De fet, estic obligat per contracte a pagar a la resta de l'elenc i l'equip el seu salari complet, encara que ja no pugui rodar la pel·lícula. Va ser el tracte que vaig fer per convèncer-los que vinguessin a aquest lloc remot. Estic totalment arruïnat ara mateix. On trobaré una estrella amb el mateix èxit en taquilla que el Dirk? Era difícil tractar amb ell, però mai li he desitjat la mort.

Vaig arribar a dues conclusions sobre l'Steven Scarabelli. Una, que era excepcionalment bo incriminant-se a ell mateix, i dos, que era innocent.

Vaig pensar que hauria de verificar les afirmacions de l'Steven. Les nòmines dels actors i l'equip eren, sense dubte, quantioses. Si l'Steven deia la veritat, era molt improbable que cap segur que tingués contractat li cobrís les despeses. Les pòlisses de segur dels actors estaven pensades per a treure beneficis comercials, no per a ser part de plans sinistres.

D'altra banda, l'Steven Scarabelli havia perdut les seves dues estrelles principals en pocs dies de diferència. I resulta que eren marit i muller. Semblava molt sospitós. La mort de la Rose Lamont havia estat considerada per causes naturals, però així i tot...

Vaig saltar quan alguna cosa es va estavellar contra la oficina exterior. El cor em va fer un bot. Probablement fos el Brayden que hagués vingut a ficar més pressió.

Però no era el Brayden.

# CAPÍTOL 13

—*H*i ha algú?

La veu artificialment animada de la tieta Amber va arribar des de l'exterior.

Vaig maleir en veu baixa. Just el que necessitàvem: la intromissió màgica d'una aspirant a estrella malcriada.

La porta es va obrir.

—Cen! Encara no em puc creure que el Dirk sigui mort. Era un bon amic.

Es va eixugar els ulls amb un mocador encara que no hi havia llàgrimes.

Vaig saltar del meu seient i em vaig portar un dit als llavis. Vaig assenyalar amb el cap la sala d'interrogatoris on el Tyler estava acabant amb l'Steven Scarabelli.

—Xst! Què fas aquí?

—Deuria preguntar-te el mateix —va replicar la tieta Amber aclucant els ulls mirant a través del cristall—. Aquell home! Finalment l'han arrestat per matar el Dirk. He vingut a donar testimoni perquè finalment el tanquin. Ho he vist tot.

—Això és impossible —vaig dir—. Eres amb l'Steven quan s'han produït els tirs. Us he vist parlar als dos amb els meus propis ulls.

La tieta Amber no va respondre. Tenia la mirada clavada en els dos homes que hi havia a l'altra banda del cristall. Va fer un gest amb la mà al Tyler i va aixecar el puny en direcció a l'Steven Scarabelli.

—No et poden veure, tieta Amber. És un cristall de dues vies.

—Oh.

Va enfonsar els muscles, decebuda, i va anar directa a agafar el picaport.

—Atura't! No pots entrar —vaig xiuxiuejar.

—Està en un interrogatori.

La tieta Amber va deixar caure la mà i va seure front a mi. Va sospirar.

—Des de quan ets tan manaire?

La vaig ignorar i vaig tornar a centrar l'atenció en els dos homes.

—Per última vegada, jo no vaig matar el Dirk —estava dient l'Steven—. La seva mort m'ha provocat la ruïna. Vaig aconseguir que tots firmessin el contracte i després ell es va retirar en l'últim moment. Estic disposat a pagar-los, però no tinc pel·lícula d'on treure els diners. No puc fer la seqüela sense el Dirk, i ara que és mort, no tinc forma de recuperar les pèrdues.

La tieta Amber va saltar del seu seient.

—És un mentider! Té tots els diners del segur.

—Seu. El Tyler ho sap tot. Deixa que ell se n'encarregui.

El Tyler va apropar la cadira una mica més a la de l'Steven.

—Quan va rebutjar, el va posar entre la espasa i la paret. Sabia que el Dirk no acabaria la pel·lícula, així que es va venjar.

El Tyler era molt convincent, encara que sabia que era escèptic amb la culpabilitat de l'Steven. Esperava que la insistència del Brayden sobre l'arrest no l'obligués a forçar una confessió falsa d'un home innocent.

—És una bogeria. No era prop del Dirk. —L'Steven es va rascar el front—. Estava massa ocupat executant la darrera demanda del Dirk, que era acomiadar l'Amber West.

—No! Això no és cert! —va plorar la tieta Amber aixecant-se del seient—. El Dirk era el meu amic. El que em va trair va ser l'Steven.

—Calla. Deixa'l parlar.

Em vaig portar un dit als llavis. Tard o d'hora irrompria en la sala d'interrogatoris i l'únic que podia fer era retenir-la el major temps possible.

La tieta Amber em va mirar i va començar a caminar d'un costat a un altre mentre els dos homes seguien parlant.

—L'Steven Scarabelli és un home malvat i menyspreable. Deuria llençar-li una maledicció.

Vaig girar els ulls en blanc.

—Estàs exagerant, tieta Amber. Serà millor que no malbaratis una investigació d'assassinat només perquè hagis perdut la teva feina. Deixa que la investigació segueixi el seu camí.

Vaig tornar a centrar-me en l'interrogatori.

—El Dirk volia que acomiadés l'Amber? —El Tyler va prendre notes en la seva llibreta—. Per què?

—El Dirk la trobava realment molesta. Li havia promès un petit paper per a callar-la, però després va començar a exigir coses com el seu propi camerino, una major qualificació als crèdits i coses així. Ella és l'única raó per la qual estem rodant aquí, a Westwick Corners. Em va oferir allotjament gratuït i zero despeses al poble.

Vaig fulminar la tieta Amber amb la mirada.

—Saps que no ens ho podem permetre.

Els ingressos del nostre hostal a penes cobrien la factura de serveis oferts. No podíem permetre'ns treballar sense cap tipus d'ingrés a canvi.

—Mentider —va soltar la tieta Amber dirigint-se a la porta de nou.

La vaig agafar pels muscles i la vaig fer seure a la meva cadira. Em vaig recolzar contra la porta, decidida a fer guàrdia per evitar qualsevol arravatament o interrupció. Hauria de passar sobre mi primer.

—Això de l'allotjament gratuït és cert? Estem allotjant tota aquesta gent a canvi de res? I alimentant-los? No ens ho podem permetre.

L'última factura de la mare era de més de tres mil dòlars. L'Steven no era l'únic amb problemes econòmics.

La tieta Amber va arronsar les espatlles.

—I què importa? La pel·lícula no es fa.

La ira creixia al meu interior. Volia dir moltes coses, però no era el moment. Em vaig tornar a centrar en els homes que hi havia a l'altra banda del cristall.

El Tyler va arrufar el front.

—Per què faria l'Amber aquelles promeses si ja tenia un paper en la pel·lícula?

L'Steven es va enrojolar.

—No creurà que l'acomiadament de l'Amber li dona un motiu per matar el Dirk, oi? Podem confirmar les nostres coartades mútuament. Vam estar junts tot el temps.

La titeta Amber es va cobrir la boca amb les mans.

—Ho està enredant tot.

—Vaig negar amb el cap.

—L'Steven t'està defensant. Per què el critiques tant?

—Tot el temps? —El Tyler va escriure alguna cosa a la llibreta.

—Bé, la major part. Va sortir corrents just abans que comencés el rodatge de l'escena. Me'n recordo perquè al principi em va preocupar que es presentés al set i interrompés la filmació. Així que em vaig sentir alleujat quan se'n va anar en la direcció oposada.

La tieta Amber va murmurar en veu baixa.

—Segur que ho va fer ell. Quin idiota.

El meu cor es va saltar un batec. Potser l'Steven Scarabelli s'havia apropat a l'utillatge quan l'Amber se'n va anar. Ningú ho hauria vist perquè estaven tots centrats en el rodatge. Jo m'havia distret quan vaig veure la tieta Amber sortir corrent del set. Potser hagués vingut on érem la tieta Pearl i jo sense que me'n adonés. Per primera vegada, no n'estava segura. Potser no era el que recordava, sinó el que volia creure.

A l'altra banda del cristall el Tyler va arrufar el front.

—Hi ha una cosa que no entenc, Steven. Per què decideix Dirk els crèdits de la pel·lícula i qui té camerino propi? Com a productor, no decideix vostè els beneficis dels actors? El Dirk és només un altre actor que treballa per a vostè, encara que en sigui l'estrella. Per què l'Amber demanaria favors al Dirk? Ell no dirigeix l'espectacle. Vostè sí.

L'Steven va sospirar.

—Ella va suposar que jo li diria que no. De fet, havia dit que no a algunes de les peticions més descabellades de l'Amber. Aleshores va anar al Dirk i es va queixar de mi. Sap que el Dirk té molt influència i que la producció s'atura fins que s'acompleixin les seves demandes. Crec que es va apropar a ell per despit.

—Això és cert? —vaig murmurar.

La tieta Amber va arronsar les espatlles i va clavar la mirada en el cristall de dues vies. Tenia el rostre vermell d'ira.

—Quan li va demanar exactament que l'acomiadés? —va preguntar el Tyler.

La forta personalitat de la tieta Amber feia que a vegades fos difícil tractar amb ella, però mai l'havia considerat una manipuladora. Em va sorprendre que acudís al Dirk després que l'Steven rebutgés les seves peticions. Sempre havia pensat que estava per damunt d'aquest tipus de comportament. Potser la promesa de l'estrellat li havia ennuvolat el cap.

—Just abans de començar el rodatge —va dir l'Steven—. Les seves queixes el van treure de polleguera. El Dirk em va dir que o se'n anava ella o se'n aniria ell. No volia ni acabar l'escena amb ella allà.

Vaig recordar la discussió fora del camió.

—Creia que el Dirk ja s'havia retirat de la pel·lícula.

El Tyler semblava llegir-me la ment. Es va rascar la barbeta i va anotar coses a la seva llibreta.

L'Steven va sospirar.

—Es va retirar de la següent pel·lícula, no d'aquesta. El rodatge a Westwick Corners era per acabar algunes de les escenes exteriors. La pel·lícula estava quasi acabada.

Vaig entendre perquè la tieta Amber no estava a l'escena. La seva pel·lícula encara no havia començat a rodar-se.

—Va acomiadar l'Amber de la següent pel·lícula abans de començar el rodatge? —va preguntar el Tyler.

—Exacte. S'ho va prendre bastant malament. —L'Steven va moure el cap tristament—. Tan de bo el Dirk no hagués insistit, perquè jo ho hauria fet d'una altra manera, molt més fàcil per a ella. L'Amber només tenia un parell d'escenes, un paper molt secundari. Ara m'odia i això em trenca el cor. Som amics des de fa dècades. Em posa malalt pensar que ella cregui que soc jo qui la volia fora.

Em vaig girar cap a la tieta Amber.

—És cert?

La seva versió de que protagonitzaria un èxit en taquilla era un exageració del que havia dit l'Steven. Això tenia molt més sentit, ja que des del primer moment m'havia estranyat el seu paper protagonista.

Va arrufar el front creuant-se de braços. Una llàgrima solitària li va caure per la galta mentre feia mitja volta.

Seguia semblant-me poc probable que l'Steven hagués matat el Dirk, excepte per la història de la tieta Pearl. Però deia la veritat? No hi havia proves que confirmessin les seves afirmacions. Almenys, encara no.

L'Steven va negar amb el cap.

—Probablement les escenes de l'Amber haguessin sigut tallades en la sala de muntatge, coneixent el Dirk. Vaig pensar que acomiadar-la era massa extrem.

—Serà malvat! —La tieta Amber va aixecar el punt cap al cristall—. Està inventant-se tota aquesta mentida per encobrir el que va fer. No deixaré que se'n surti amb la seva!

—Deixa que el xèrif faci la seva feina, tieta Amber.

Vaig agafar la tieta Amber del muscle, però era massa tard.

Ja tenia la mà al pom de la porta de la sala d'interrogatoris. La va obrir i va entrar de colp. Va assenyalar amb el dit l'Steven Scarabelli.

—És l'assassí. Ho he vist tot!

# CAPÍTOL 14

*V*a caldre més d'una hora per calmar la tieta Amber, però finalment va entrar en raó. El seu acomiadament era una cosa intranscendent amb el rodatge cancel·lat. Ningú havia de saber-ho perquè la pel·lícula probablement mai es faria. El seu acomiadament mai es faria públic i no quedaria malament.

Ara que la tieta Amber entenia la gravetat de la situació, havia acceptat deixar d'acusar l'Steven d'assassinat. El meu testimoni d'haver-la vist abandonant l'escena abans que comencés el tiroteig corroborava el relat de l'Steven. Tot això significava que ella no podia haver presenciat l'assassinat del Dirk.

Així que, per què havia mentit?

La rancúnia o la manca de memòria podien acabar en un càrrec d'assassinat. Era molt pertorbador escoltar-ho de la meva honesta tieta. Suposo que estava tan immersa en l'assumpte de la pel·lícula que no usava la seva lògica habitual. A més d'això, no estàvem avançant en la investigació. Els indicis malgastaven temps i esforç de tots. Era quasi segur que l'Steven Scarabelli no era l'assassí del Dirk. Mentrestant, el veritable assassí romania lliure i amb oportunitats de tornar a actuar.

L'única cosa bona que havia ocorregut en les últimes hores era que la mare ens havia portat el sopar. Fins i tot havia convençut la tieta Amber perquè tornés a l'hostal a relaxar-se una estona. Això em va tornar el somriure. Sabia que la mare la posaria ràpidament a treballar. No era necessàriament dolent.

Vaig seure front al Tyler al seu despatx. Els plats de pollastre a la barbacoa a mig menjar s'havien gelat mentre revisàvem les imatges de les càmeres de videovigilància fotograma a fotograma en càmera lenta. Fins i tot a la pantalla de cinquanta polzades era difícil veure tota l'acció. Els múltiples tirs i el polsós carrer s'obscurien tant que en alguns moments era difícil distingir qui havia disparat. Fins i tot aleshores, cinc de les sis pistoles havien disparat bales de fogueig, pel que no ens va ajudar gaire. Havíem de descobrir qui havia llençat la bala mortal. Ja que el Dirk era l'estrella, la càmera l'enfocava a ell. Això feia que fos fàcil veure quan li havien disparat exactament, però difícil determinar quin dels actors havia sigut.

—Potser una de les càmeres hagi captat un punt de vista diferent —vaig dir, esperançada.

—No segons els cameràmans, i hem revisat totes les imatges.

—No pensava que açò fos tan difícil. No hi ha molts crims que es gravin. I, així i tot, amb tants testimonis i imatges, seguim sense poder veure què ha passat.

El Tyler va assentir.

—Ja que totes les bales de fogueig es van disparar alhora que la bala real, és quasi impossible saber qui li va disparar. L'únic que podem fer és descartar a tots excepte els que es troben al costat esquerre del set, basant-se en angle de la càmera. El problema és determinar qui hi havia fora de la pantalla a l'esquerra. Sense el vídeo, només podem esbrinar-ho amb estratègia de descart.

Va congelar la imatge i va assenyalar el Dirk amb el llapis.

—Veus l'expressió facial del Dirk? És de dolor. Aquí és just quan li van disparar.

Vaig fer una ganyota.

—És molt macabre capturar la mort d'una persona així.

Esperava que les imatges poguessin identificar l'assassí, però les càmeres enfocaven quasi sempre el Dirk. Com era una escena d'acció, el fons solia estar desenfocat la major part del temps, la qual cosa no era de gran ajuda.

—Ningú sembla estar en bona posició per disparar el Dirk —va dir el Tyler—. Les bales llençades pels actors li haurien colpejat a l'esquena, ja que l'estaven perseguint. Tanmateix, va rebre un tir al pit.

—Cert —vaig coincidir.

Els altres actors masculins estaven just darrere d'ell, i l'Arianne a pocs metres més enrere. Tota la gent que observava el rodatge també estava darrere del Dirk.

—El material del vídeo descarta tots els actors en escena i quasi tots els membres que treballaven al voltant.

Si bé les imatges de la pel·lícula no incriminaven ningú, almenys descartava tots els actors i part de l'equip. Seguia sense haver res clar respecte a l'Steven Scarabelli. De fet, el que mostrava no l'ajudava en res. Almenys davant dels ulls del Brayden.

Després estava l'arma del crim. Encara era un misteri com havia arribat fins al fons de la caixa d'utillatge. Però les acusacions de la tieta Amber amb el relat de la tieta Pearl sobre la manipulació dels decorats de l'Steven no deixaven el Tyler més remei que arrestar-lo. Això va fer feliç el Brayden, però a mi em preocupava.

Malgrat les afirmacions de la tieta Pearl, no teníem proves verificables que col·loquessin l'Steven en escena. Encara que hagués estat prop de la caixa d'utillatge com havia dit la tieta Pearl, això hauria ocorregut després de l'escena de persecució en què el Dirk va rebre el tir. Abans d'això, havia estat parlant amb la tieta Amber al mateix costat del set que els actors, un angle impossible des del qual disparar el Dirk Diamond al pit.

El Tyler va inclinar el cap cap a l'única cel·la de la presó on era l'Steven tancat.

—Segur que l'has vist amb l'Amber?

Vaig assentir.

—Si això és cert, no va poder disparar el Dirk —va dir el Tyler—. Tinc un home innocent tancat i tinc les mans nugades. Tret que trobi el veritable assassí, no puc deixar-lo en llibertat. Si ho faig, perdré la meva feina i el Brayden trucarà la Guàrdia Nacional.

—No podem deixar que això passi. —Vaig punxar un tros de pollastre a la barbacoa amb la forqueta—. Quant de temps el pots retenir?

Esperava que fos prou per atrapar el veritable assassí.

—En vint-i-quatre hores he d'alliberar-lo o acusar-lo. Ja és bastant dolent que estigui tancat, però acusar-lo? La mala publicitat l'arruïnarà i em nego a fer això.

—De totes maneres, acabes perdent.

—En el millor dels casos la premsa groga el deixarà per terra. En el pitjor, serà condemnat en el judici i passarà la resta de la seva vida a la presó. Mentre que el veritable assassí vaga lliure. Tot per culpa del teu ex gelós.

Gelós era la paraula. Estava convençuda que almenys una part del comportament del Brayden era la seva venjança per estar sortint amb el Tyler. No hi havia gaire que pogués fer al respecte, però era molt frustrant. Vaig aixecar les mans.

—No és culpa meva.

—Ho sento, Cen. No et culpo. És difícil investigar un assassinat amb el boig del meu cap respirant-me al coll. Un descuit i em quedo sense feina.

—Bé, pots presentar-te a policia en Shady Creek. Només estaríem a una hora de distància.

No veia altra sortida. El Brayden s'empiparia amb el Tyler fes el que fes.

—No, Cen —va dir el Tyler—. No deixaré que el Brayden m'intimidi. Em reemplaçaria amb algú que digués sí a tot. La justícia ja és bastant complicada en un poble petit.

—Suposo que no serà l'alcalde sempre.

Tanmateix, semblava que portava una eternitat i odiava la pressió constant del Brayden per tancar el cas a qualsevol preu. No podia permetre que la pressió política empresonés un home innocent, encara que hagués de recórrer a la màgia per fer-ho. Involucrar-me tampoc em semblava bé, però almenys no era tan dolent.

El Tyler va sospirar.

—Sembla una eternitat.

—Ho sé. A més, estic segura que l'Steven no ho va fer. El vaig veure discutint amb la tieta Amber amb els meus propis ulls. No entenc perquè la tieta Pearl va veure una cosa diferent.

Els relats dels testimonis oculars sovint variaven dramàticament perquè la memòria no era del tot fiable. Però sense proves, el meu testimoni, que podia provar la innocència d'un home, no tenia quasi valor. Estava anul·lat pel de la tieta Pearl.

—També ho sé —va contestar el Tyler—. Matar la seva estrella seria la fi de la carrera de l'Steven. Pel que sé, està en fallida i la pel·lícula li hauria tornat la seva sort. Però si no va ser l'Steven, qui ho va fer?

—Mirem la llista de nou.

Em vaig apropar a la pissarra del Tyler on havia fet una llista de l'elenc i l'equip. Vaig estudiar els noms. Tots havien sigut interrogats, almenys de manera superficial. Vaig col·locar marques de verificació junt a cada persona de la ubicació de la qual hagi sigut comprovada amb les imatges, o en el cas dels cameràmans, pels angles i els testimonis.

Encara hi havia una gran quantitat de persones que no podien ser descartades. Hi havia membres de l'equip en espera i desenes de locals que observaven el rodatge- gent que podia haver-lo matat. El Bill i la Pearl només eren dos exemples. Cada coartada hauria de ser confirmada per la resta de la gent present. Les seves històries i credibilitat també haurien de ser examinades.

—No tenim res.

Vaig seure abatuda davant la manca de progrés.

—Mirem-ho un altre cop.

El Tyler va reproduir el vídeo de nou, avançant cap al moment de l'impacte. Va interrompre la pel·lícula i va tocar la pantalla. Mira el costat esquerre del rodatge. D'allí va vindre la bala.

El Dirk es va posar les mans al pit un instant abans de dirigir els ulls a l'extrem oposat del carrer, com si clavés la mirada en el seu assassí. Una espurna de reconeixement li va creuar el rostre en el moment exacte en què va caure al polsós carrer.

El Dirk havia vist el seu assassí.

Vaig seguir la mirada del Dirk, però allà no hi havia ningú. Només edificis buits amb finestres obscures que contrastaven contra els exteriors brillants i acabats de pintar. Em vaig apropar a la pantalla intentant veure per darrere de les finestres.

Però no van revelar res. Qualsevol que fos el secret amagat a les obscures finestres es quedaria allà, protegint un assassí.

# CAPÍTOL 15

*V*aig apegar la cara a la pantalla i vaig tancar una vegada més els ulls en busca de siluetes als píxels.

Però no hi havia ningú, ni una ombra. L'assassí del Dirk podia haver sigut invisible. O s'havia amagat bé, malgrat estar en un set de rodatge ple de càmeres i desenes de testimonis.

Aportava un nou significat als assassinats a plena llum del dia.

Em vaig apartar de la pantalla mentre el Tyler passejava d'un costat a un altre en l'obscur despatx. Portàvem hores mirant les imatges, però no estàvem més prop d'identificar l'assassí.

Encara que la il·luminació del carrer feia impossible veure què hi havia dintre dels edificis, el més desconcertant era l'angle de la bala.

Basant-se en la trajectòria, el franctirador devia estar penjat d'una finestra oberta o una porta, revelant, almenys temporalment, la seva ubicació. Tanmateix, no hi havia signes de portes obertes i totes les finestres estaven tancades. Tampoc hi havia vidres trencats. Tret que l'atacant fos invisible, era impossible d'entendre.

—Potser l'assassí deixés una prova, deuríem mirar en l'interior dels edificis —vaig proposar.

—Tinc una idea, ara torno.

El Tyler va aixecar el dit índex des del marc de la porta. Va fer mitja volta i es va dirigir a la cel·la de l'Steven. Vaig veure com es tancava la porta darrere d'ell i vaig agafar el comandament per rebobinar el vídeo.

—Eh! —em va cridar una veu des del sostre.

Vaig aixecar la vista sorpresa per veure el fantasma de l'àvia Vi flotant prop del sostre.

Vaig saltar de la cadira, alarmada.

—Què fas aquí?

L'àvia Vi quasi mai sortia de casa i no tenia ni idea de què feia allà.

—Suposo que ho has oblidat —va dir ploriquejant al caire de les llàgrimes.

No creia que els fantasmes poguessin plorar, però a mi també se'm van posar els ulls plorosos.

—Clar que me'n recordo.

No recordava que era el que se suposava que devia fer. La mort del Dirk havia deixat a una banda tota la resta.

—Aleshores per què no has vingut a casa? Se suposava que anàvem a fer pocions d'amor, recordes?

Em vaig portar una mà a la boca.

—Oh, àvia, ho sento moltíssim. Suposo que he perdut la noció del temps. Et prometo que t'ho compensaré.

Vaig sentir una punxada de culpa quan em vaig adonar de quant s'havia preocupat. L'àvia Vi mai sortia de casa perquè li feia por perdre's. Els fantasmes no podien preguntar els transeünts en cerca d'ajuda. Tanmateix, ella havia abandonat el santuari de la llar i havia corregut un greu risc preocupada pel meu benestar.

I jo m'havia oblidat completament d'ella.

—Demà? —vaig suggerir i vaig somriure esperançada mentre ella flotava fins al nivell dels meus ulls.

—Ja no estàs mai en casa, Cen. És com si ja no tinguessis temps per a la teva àvia. Sempre s'obliden tots de mi. —Va negar amb el cap tristament—. Suposo que soc jo qui necessita una poció per cridar l'atenció. Ja ningú em vol.

—Això no és cert, àvia. He perdut la noció del temps, això és tot.

Em vaig inclinar instintivament per fer-li una abraçada, oblidant que era un fantasma i vaig caure sobre la taula.

—M'ho veia vindre.

—El Tyler necessita el meu ajut amb un cas.

Em vaig plantejar contar-li els detalls, però ho vaig desestimar de seguida. La família West ja estava massa implicada, i les accions de l'àvia Vi podien portar-ho tot a un altre nivell.

—Amb més raó, Cen. Deixes que la feina s'interposi entre vosaltres i, abans que t'adonis, sereu com dos desconeguts.

—És temporal. Tenia pensat anar a avisar-te, però se m'ha fet tard.

Em sentia fatal per mentir-li, però em sentiria encara pitjor admetent que ho havia oblidat i ferint els sentiments de l'àvia Vi. La veritat era que no podia deixar el Tyler en un moment en què tant la seva feina com el nostre futur estaven en perill.

—El Tyler i tu sou uns avorrits. Sou com un matrimoni d'ancians. Necessites aquella poció, Cen. La poció d'amor número catorze, crec. O potser la dotze. No n'ets conscient, però és una situació desesperada. Recuperarem la teva vida amorosa abans que no sigui massa tard.

—Clar... àvia. Et prometo que estaré en casa en un parell d'hores i prepararem les pocions.

Ella era part de la raó per qual érem una parella tan avorrida. El Tyler no podia ni veure ni escoltar l'àvia Vi, però tenir-la de companya de pis significava sentir-me culpable cada vegada que el Tyler es quedava a passar la nit. Respectava la nostra privacitat, però saber que era allà m'incomodava. I encara que el Tyler estava al corrent dels meus poders, no sabia que la meva àvia fantasma sempre ens anava al darrere. I no era una cosa que pogués explicar perquè tot allò relacionat amb fantasmes desafiava la lògica. Fins i tot la de la gent que creia en les bruixes.

L'àvia Vi va negar amb el cap.

—Si no vols perdre el teu xicot serà millor que animis les coses una mica. Fixa't com esteu, mirant la mateixa pel·lícula una i una altra vegada en una sala de conferències. En la meva època els homes no cortejaven així les dones. On ha quedat el romanticisme?

—No és una cita, àvia. Estem treballant.

Era cert que en part em quedava fins a tard treballant amb el Tyler perquè era l'únic moment que tenia per estar a soles amb ell. Hi havia massa gent a la meva casa de l'arbre. Entre el Tyler i l'àvia Vi semblava més aïna un Airbnb.

—Hi ha hagut un assassinat.

—Sé allò de l'assassinat, Cen. Ho he vist tot.

—Eres allà? Però si tu mai surts!

—Clar que era allà! No em perdria el debut cinematogràfic de la meva filla per res del món. Estava impacient per veure la seva escena, però aleshores han disparat aquell paio. Suposo que aquesta mort vol dir que el passeig de la fama de Hollywood de l'Amber s'ajornarà.

—Han fet fora la tieta Amber, àvia. No sortirà a la pel·lícula. No la vas veure parlant amb l'Steven Scarabelli?

—No. Estava veient l'escena esperant veure-la aparèixer. Però mai ho va fer.

Això em va donar una idea.

—Flotaves per sobre de la gent com ara?

—Sí, per què?

—Perquè hi havia algú que no havia de ser.

—M'ho imaginava, perquè no sabia qui era aquell extra.

Es va moure per davant de la pantalla de projecció.

—Qui?

Quan vaig fer la pregunta un fort soroll va sonar per tot l'edifici. Era un soroll de metall contra metall, de la porta de la cel·la colpejant les parets.

—Afanya't, abans que torni el Tyler.

—Cen, escolta'm atentament. He vist alguna cosa des del meu privilegiat punt de vista. Saps qui ha premut el gallet?

—Qui?

Vaig estirar el coll per seguir-la mentre flotava pel sostre.

Va aixecar els braços amb dramatisme.

—No va ser un dels actors, va ser...

El Tyler va irrompre en l'habitació seguit per l'Steven Scarabelli. Va semblar desconcertat i va mirar per tota la sala.

—Hi ha algú més aquí?

—No. Estava parlant tota sola.

El Tyler va arrufar el front i es va girar cap a l'Steven. Li va indicar que segués al seient que havia ocupat una estona abans.

—Igual té. Soltaré l'Steven de moment. M'ha donat la seva paraula que no sortirà de la seva habitació de l'hostal almenys fins demà.

L'àvia Vi va articular alguna cosa però no vaig poder llegir-li els llavis.

Em vaig esforçar per escoltar.

—Cen? —va preguntar el Tyler arrufant el front—. Per què mires cap a dalt?

—Què? —vaig tornar a mirar cap a davant—. Em fa mal el coll, estava estirant.

El Tyler va treure un fum de papers del seu escriptori i els va posar davant de l'Steven.

—L'allibero amb la promesa que no surti del poble. Signi aquí.

L'Steven va fer el que li havia dit estampant una signatura il·legible a la part inferior de la pàgina.

El Tyler va obrir un calaix i va treure una bossa de plàstic transparent amb una cartera, claus i la resta d'objectes personals de l'Steven i li'ls va entregar.

—Hi ha un xofer esperant fora per portar-lo a l'hostal. Vagi directe a la seva habitació. No surti excepte a l'hora de dinar. Passi el que passi, no surti de la propietat i no marxi del poble. Entesos?

L'Steven va assentir.

—Entesos.

—Bé, perquè si no hauré d'arrestar-lo per assassinat i sense fiança.

—Em quedaré a l'habitació. Tinc moltes trucades per fer, així que estaré entretingut.

—Suggereixo que una d'eixes trucades sigui a un advocat, i ràpid —va dir el Tyler—. Açò encara no ha acabat.

Vaig esperar al despatx mentre el Tyler acompanyava l'Steven fins al cotxe que l'esperava.

—Podem anar-nos-en ja, Cen? Ja saps que no tinc tot el dia.

L'àvia Vi levitava d'un costat a un altre, impacient.

—Prompte, àvia, ho prometo.

Vaig acabar de parlar just quan es va obrir la porta del despatx amb un clic.

El Tyler no em va escoltar aquella vegada. Va entrar de nou i va seure, esgotat.

—I si el Brayden descobreix que has alliberat l'Steven? S'enfadarà molt.

El pla del Tyler em semblava arriscat. No volia que perdés la seva feina per alliberar massa prompte l'Steven Scarabelli.

—Me n'encarregaré quan arribi el moment —va dir el Tyler—. Mentre l'Scarabelli cooperi, el Brayden no se n'assabentarà. Sé que es poc ortodox, però l'Steven no és l'assassí que cerquem. L'habitació de l'hostal és molt més agradable que una cel·la i confio que ta mare i la Pearl el puguin mantenir vigilat.

—És una gran idea —vaig dir, encara que no n'estava del tot convençuda.

A la tieta Pearl li encantaria la idea de participar. El problema és que sempre participava massa. D'altra banda, si això la mantenia ocupada, es quedaria allunyada d'altres problemes. Potser fins i tot podria convèncer l'àvia Vi perquè vigilés la tieta Pearl.

El Tyler va assentir.

—També m'allibera a mi, ja que li donaran menjar a l'hostal. Així no he de preocupar-me per ell. Tindré més temps per investigar. També és millor per a l'Steven. Comencen a circular rumors sobre que és sospitós. Si no el veuen, no ho saben.

—Vigilaré un criminal! —va dir l'àvia Vi fregant-se les mans amb alegria.

—No és cap criminal —vaig xiuxiuejar cap al sostre—. No s'ha provat res.

—Li posaran manilles? Em donaran una pistola?

L'àvia flotava a cinc centímetres de la meva cara.

—Res de manilles, i, per descomptat, res de pistola.

Els fantasmes no podien agafar armes, molt menys prémer un gallet. No era ella qui em preocupava. Una arma podia caure en males mans. Per això érem allà, en primer lloc.

—Només estic cansada. Pensar en veu alta m'ajuda a concentrar-me.

Li vaig llençar una mirada fulminant a l'àvia Vi, esperant que captés la indirecta i tornés a casa, però no es va moure. No volia presentar la meva àvia fantasma, invisible o no. L'àvia Vi en va treure profit.

—*Focus pocus.* —L'àvia Vi va riure i em va fer l'ullet—. Res que no poció no pugui curar.

Si tot fos tan fàcil...

# CAPÍTOL 16

$\mathcal{V}$aig deixar el Tyler al despatx del xèrif i em vaig dirigir cap a l'hostal per veure si la mare necessitava ajuda. Pel camí vaig escoltar veus i riures sortint d'Embruix, el bar que també regentava la meva família. Estava a menys de trenta metres de l'hostal, així que vaig fer un desviament d'últim moment per veure què ocorria. No em va sorprendre veure alguns dels membres del repartiment i l'equip ofegant les seves penes en alcohol. Embruix era l'únic lloc en tot el poble on podien fer-ho.

Les meves sospites es van confirmar quan vaig obrir la pesada porta de fusta i vaig entrar al bar. Embruix estava de gom a gom, ple amb el personal de la pel·lícula. Fins i tot els que s'allotjaven a Shady Creek havien decidit quedar-se al poble i desfogar-se. A banda dels sentiments contradictoris sobre el propi Dirk Diamond, semblava que tots estaven esperant veure si hi havia avanços al cas.

Tenint en compte l'estat generalment ebri de tots, l'ambient era més de divendres de cobrar que de dol. El bar s'assemblava a una misteriosa biblioteca d'Agatha Christie, excepte que tots estaven bufats. Les conjectures i especulacions alimentades per l'alcohol eren imparables, tots intentaven endevinar qui havia matat el Dirk. Alguns afirmaven que tenia connexions amb la màfia, d'altres deien que era per un triangle amorós.

Alguns fins i tot afirmaven que la mort del Dirk era una maniobra publicitària molt ben executada i esperaven que irrompés per les portes d'Embruix en qualsevol moment, tan malhumorat com sempre.

Només hi havia una cosa clara. Cap dels presents al bar pensava que l'Steven Scarabelli hagués matat el Dirk. Fins i tot va haver-hi un mig intent d'aportar fons per aconseguir-li un bon advocat a l'Steven, encara que no va tindre gran acollida ja que ara estàvem tots a l'atur. Així d'estimat era l'Steven.

Vaig veure la tieta Amber en una taula d'un racó i vaig anar a seure front a ella.

—He fet tot el possible per ajudar l'Steven i mira on ens ha portat. —Va agafar els darrers cacauets que hi havia sobre la taula i se'ls va ficar a la boca—. La meva carrera està acabada.

Em vaig alarmar quan va agafar un altre recipient de cacauets de la taula del costat. La tieta Amber menjava quan estava enfadada, però en aquell moment, semblava completament aliena a tot allò que l'envoltava, incloent-hi els cacauets que va tornar a deixar com si res. Les ronxes gegants que se li van formar als braços i al coll em van fer preguntar-me si pretenia morir.

—Deixa de menjar-ne, saps que ets al·lèrgica.

—No puc viure així, Cen —va ploriquejar—. Que hi ha del meu passeig de la fama a Hollywood? Ara sé que mai l'aconseguiré.

Almenys la taula del racó ens donava una mica de privacitat, però fins i tot en la tènue llum del bar, el rostre inflat de la tieta Amber era clarament visible.

—Calma't i respira fons. On tens l'EpiPen?

—Maleit sigui.

Va baixar el cap i es va fregar la cara amb les mans. Va recitar un encanteri en veu baixa, tan baixa que no vaig poder distingir-ne les paraules. En uns segons les ronxes s'havien reduït a la meitat.

Vaig deixar escapar un sospir d'alleujament quan vaig veure que no era una maledicció sobre l'Steven ni ningú més. Vaig agafar els cacauets i els vaig deixar en una altra taula.

Vaig tornar al meu seient.

—En primer lloc, vas usar la màgia per a aconseguir el paper?

Hi havia regles estrictes sobre usar la màgia per a benefici personal, i la tieta Amber se les sabia de memòria. Normalment era molt respectuosa amb la llei i era la darrera persona que esperava que trenqués les regles. Però aquell dia no semblava haver-hi res de normal.

Em va ignorar amb la mirada perduda. Li vaig agafar la mà i la vaig prémer.

—Tieta Amber?

—Ara sí que em sento millor. —Va aixecar la mirada i els nostres ulls es van trobar. Tenia la pell clara i pàl·lida, sense rastre de les ronxes que tenia un moment abans—. Tot açò m'estressa. És culpa meva. No hauria d'haver ajudat l'Steven.

—Com que el vas ajudar? Creia que era al revés.

No podia entendre de quin altre mode la tieta Amber podria haver aconseguit un paper en una pel·lícula d'èxit sense experiència ni reconeixement.

—És clar que el vaig ajudar, Cen. Li vaig aconseguir el Dirk Diamond.

Vaig girar els ulls en blanc.

—Com pots dir això? L'Steven ja tenia el Dirk Diamond. *Atracament a migdia* és la seqüela de *Atracament a mitjanit*, en la qual ja actuava el Dirk. Va ser un gran èxit, així que, naturalment, ell seria a la seqüela.

—Això el que la gent creu, però el Dirk encara no havia signat el contracte. Per una bona raó. Creia que no era un tracte just.

—Com saps el que pensava el Dirk Diamond?

Vaig baixar la veu quan vaig veure l'Steven Scarabelli entrant al bar. Vaig maleir entre dents, alarmada per veure'l fora de la seva habitació. Només esperava que el Brayden no decidís passar-se pel bar.

Em vaig girar cap a la tieta Amber.

—El Dirk semblava prou ingrat quan érem al tràiler de l'Steven. Tanmateix, si no hagués sigut per l'Steven, el Dirk no hauria sigut una estrella.

Em vaig sentir rara parlant del Dirk en passat, encara no em podria treure la imatge del seu cadàver. Estava gravada a foc en la meva ment.

Un centelleig de llum em va cridar l'atenció. Va fer mitja volta per veure flames darrere de la barra.

La tieta Pearl ens va saludar des d'allà. O se li donava molt malament fer de cambrera, o se li donava molt bé cremar llocs. Em vaig aixecar de colp de la taula i vaig soltar un improperi quan em vaig colpejar-me el genoll. Vaig córrer cap a la barra relliscant pel camí, però vaig recuperar l'equilibri.

—Tieta Pearl, agafa aigua! Apaga'l!

Va agafar una ampolla de la barra i la va sacsejar amb la mà.

Mentre corria cap a ella, vaig notar horroritzada que no era aigua, sinó una ampolla de vodka.

—No!

Em vaig llençar per a agafar l'ampolla abans que tot explotés, però em vaig colpejar contra una paret invisible amb una força que havia de ser sobrenatural. Vaig caure a terra i vaig rebotar abans de caure asseguda.

Vaig fer mitja volta, esperant un infern. En lloc d'això, les flames estaven contingudes en uns diminuts gots de xopet com si no hagués passat res.

Tots els presents al bar em van mirar durant una fracció de segon. Després algú va aplaudir.

La tieta Pearl va somriure amb superioritat.

—Va, Cen. Aixeca't tota sola.

La vaig fulminar amb la mirada quan em vaig posar dempeus.

—Cridant l'atenció no aconseguiràs un paper al cinema, tieta Pearl. Deixa de sobreactuar.

—Mira qui parla. Tranquil·la, Cendrine. Et comportes com si mai haguessis vist sambuques flamejats.

Va aixecar els dos gotets amb les mans ficades en manyoples de forn i els va col·locar davant de l'Steven Scarabelli i l'Arianne Duval.

Em sentia una mica incòmoda amb l'Steven pegant voltes pel bar.

Encara que havia trencat la promesa que havia fet al Tyler de quedar-se a l'habitació, almenys seguia en la propietat. A aquelles hores no hi havia enlloc on anar, i era molt probable que el Brayden visités el bar. Però havia d'esperar que tot aniria bé.

Tant l'Steven com l'Arianne semblaven estressats i era totalment comprensible que volguessin beure després dels esdeveniments del dia. Sobretot l'Steven, que possiblement encara estigués tremolant pel temps passat a la presó. Malgrat que ningú plorava el Dirk, els xopets en flames en semblaven una mica excessius. Em vaig preguntar de qui hauria sigut la idea.

L'Arianne es va apartar del seu xopet i va passar la mà per damunt del got.

—Podria prendre'm el meu... gelat?

Va assentir educadament en la meva direcció.

La tieta Pearl va girar els ulls i es va inclinar per bufar les flames de la beguda de l'Arianne i quasi es crema les celles en el procés.

L'Arianne es va estremir i va apartar el got amb una mà amb la manicura perfecta.

Per sort, l'Steven va canviar de tema.

—Has vist el Bill?

—No. —em va semblar estrany que em preguntés a mi havent-hi tanta gent present—. Ha mirat en la seva habitació?

Va assentir.

—Hi he estat fa uns minuts, però el molt idiota m'està evitant. Em deu diners i no puc esperar. He de pagar a tots.

—Quant li deu, exactament?

El tema econòmic m'interessava, ja que els diners solien treure el pitjor de la gent. El Bill no havia mencionat cap problema amb l'Steven. Potser estigués avergonyit per deure diners. Però era bo saber que l'Steven era allà per cobrar el que li devia el Bill. Significava que l'Steven tenia una bona raó per deambular pels decorats. Però, si aquest fos el cas, per què no ho havia dit l'Steven? O potser el Bill simplement digués que l'Steven havia estat amb els decorats per desviar l'atenció de sí mateix.

Vaig sentir una mà al braç i em vaig girar per veure la tieta Amber al meu costat. Amb l'Steven a l'altre costat, em sentia incòmoda pel rumb que estaven prenent els esdeveniments.

—Hauríem d'ajudar la mare.

—Per mi bé.

La tieta Amber es va dirigir a l'Steven.

—Potser creguis que t'estàs lliurant de l'assassinat, Steven, però no. Si no t'agafa la policia, ho faré jo.

—Tieta Amber! —La vaig agafar del braç, la vaig apartar de la barra i la vaig arrastrar cap a la porta—. Com pots parlar així a l'home que et va donar la teva gran oportunitat?

—El meu talent és el que em va donar una oportunitat, Cen. I jo vaig ajudar el Dirk. A més de ser el meu protegit, era un amic molt estimat. Mai va oblidar que jo li vaig presentar l'Steven i ell el va llençar a l'estrellat. Resulta que va ser un error fatal. Tot és culpa meva. —Va trencar a plorar mentre anàvem cap a la porta—. Potser hauria d'acabar amb tot. Sense el meu company d'actuació, no tinc cap raó per viure.

Vaig obrir la porta i vaig arrastrar la tieta Amber mentre ella es recolzava pesadament en el meu braç. No podia dir si parlava seriosament o només tractava de cridar l'atenció, però suposava que la segona opció. Volia que l'Steven lamentés perdre les seves meravelloses aptituds d'actuació.

Quan vam sortir a l'aire fresc de la nit va recuperar les forces d'immediat. Em va apartar el braç i es va dirigir a l'hostal amb pas ràpid. Només havíem caminat unes poques passes quan ens vam trobar el Tyler que tornava de l'aparcament.

—Tu! —La tieta Amber es va llençar sobre el Tyler i el va colpejar en el pit—. Has deixat un assassí lliure. Li has donat llibertat, però et prometo que no la gaudirà.

# CAPÍTOL 17

*A*cabava d'entrar al menjar quan alguna cosa va baixar en picat cap a mi i quasi em va fer caure.

Vaig cridar.

Em vaig ajupir i una ràfega de vent em va colpejar la nuca. Em vaig quedar immòbil, esperant sentir garres sobre el cap o l'esquena. Encara que hi havia corrents d'aire a l'hostal, definitivament no hi havia ratpenats, ocells i ni criatures voladores dintre de la casa. No, només podia ser una persona, i això és el que més por em feia. Em vaig quedar parada junt a la barana de l'escala preparant-me pel que vindria després.

—Cendrine West! Deixa d'ajupir-te com una ximpleta!

L'àvia Vi es va col·locar davant de mi blocant-me el camí. Almenys tècnicament, ja que podia travessar-la.

—Què fas aquí? Creia que havies tornat a casa —vaig murmurar.

L'àvia havia promès tornar a la casa de l'arbre, però vaig suposar que estava enfadada perquè hi hagués tants clients allotjant-se a l'hostal. Mai li agradava que es quedés gent a la seva antiga casa, i em preocupava que fes alguna cosa d'imprudent. La seva mera presència era suficient per complicar les coses.

Vaig notar diverses mirades sobre mi. Tot i que era tard, les més de vint-i-set cadires estaven ocupades de gent sopant, i tots tenien els ulls posats sobre mi. L'àvia Vi era invisible per a tots els altres, evidentment, així que jo semblava una boja llunàtica.

Una altra vegada.

—Anem a un altre lloc —vaig dir—. A la casa de l'arbre?

La silueta de l'àvia Vi es va obscurir.

—Aquesta és ma casa, recordes? Tinc més dret a estar aquí que tots aquests intrusos. Tot açò és culpa de l'Amber. Res d'açò hauria passat si no hagués portat aquí la pel·lícula. Estic una mica molesta amb ella.

Vaig fer mitja volta per buscar la tieta Amber, però no m'havia seguit fins al menjador com pensava. Vaig girar sobre els talons i em vaig dirigir al vestíbul.

—La trobaré.

L'àvia Vi levitava darrere de mi murmurant alguna cosa que no aconseguia entendre. La seva veu es va elevar quan vam sortir al passadís.

—Se suposa que deuries estar ajudant el pobre Tyler. En té una bona damunt. Se'l veu tant trist...

Era cert que semblava trist. Vam passar junt a la taula que ocupava al costat de la porta. S'acabava el termini del Brayden i estava lluny d'atrapar l'assassí.

L'àvia Vi era la fan número u del Tyler, però el seu amor pel meu xicot arribava a ser molest a vegades. I una mica assetjador. Ell ni tan sols sabia de la seva existència, però ella ho sabia tot sobre ell. Jo tenia aquell inquietant secret familiar que em faria semblar esgarrifosa si el revelava.

—L'estic ajudant, àvia. I no vull discutir. Centrem-nos en trobar l'assassí del Dirk. Has dit que ho has vist tot. Vull saber què has vist des de dalt del set. Explica-m'ho tot.

Va passar levitant pel meu costat i es va quedar flotant a l'altura dels meus ulls.

—Hi havia altres persones en el set que no deurien haver-hi estat. Només els vaig veure jo.

—Qui?

Vaig oblidar momentàniament que estava buscant la tieta Amber.

Ella va negar amb el cap.

—Un home i una dona. Encara no sé qui eren. Estaven amagats en un edifici buit a l'altra banda del carrer.

Per descomptat. Com a fantasma, l'àvia Vi no només podia travessar parets, sinó que també podia veure'n a través. Per què no ho havia pensat abans?

—Quin edifici? Sabries dir-me...? —em vaig interrompre a meitat frase quan es va obrir la porta de l'hostal.

El Brayden Banks va entrar al menjador instants després. Es va dirigir cap a mi amb veu freda i plana.

—Cen.

Ningú hauria dit que alguna vegada vam estar completament enamorats i a punt de casar-nos. Pel que a ell respectava, jo era l'enemic.

La seva boca era una fina línia recta i era obvi que estava enfadat per alguna cosa. Vaig pensar en passar per davant d'ell per a advertir el Tyler, que acabava d'unir-se a l'Steven Scarabelli en la seva taula. L'Steven havia sortit d'Embruix poc després de la tieta Amber i jo. El Tyler es va inclinar cap a endavant parlant amb l'Steven en veu baixa.

El Brayden es va aturar a pocs centímetres del Tyler i el va fulminar amb la mirada.

—Xèrif Gates, aquesta és la seva idea de lluita contra el crim? Seure a prendre cafè amb un sospitós d'assassinat?

El Tyler es va posar dempeus.

—No estic bevent cafè. Estic agafant decla...

—És clar —va dir el Brayden en el to monòton que usava quan intentava controlar el seu temperament—. Relaxi's i begui's el cafè. D'aquest mode, la policia estatal sabrà exactament on trobar-te quan l'absolguin de les seves obligacions i es facin càrrec del cas.

—No em pot treure del cas. No ara que estic a punt d'arrestar algú.

—Miri'm —va dir el Brayden—. Se suposa que tenia tancat l'Steven Scarabelli. Què dimonis passa aquí?

—No he pogut arrestar-lo. Hi ha proves contradictòries que demostren que havíem detingut la persones incorrecta. —El Tyler va assenyalar el seu portàtil—. Ha promès no sortir de l'hostal.

El Brayden es va posar les mans al cap amb el rostre vermell d'ira.

—Com ha pogut alliberar l'Steven Scarabelli? No podem tindre un assassí solt. Què pensarà la gent?

Amb el Brayden les aparences ho eren tot.

—No aniré enlloc, alcalde —va dir l'Steven—. Em quedaré aquí.

El Brayden el va ignorar amb un gest.

—No s'hi fiqui.

L'Steven va arronsar les espatlles.

—Estaré dalt a la meva habitació xèrif.

Va fer mitja volta i va marxar.

El Tyler va teclejar alguna cosa en el seu portàtil i es va girar cap al Brayden.

—No he tingut més remei que alliberar l'Steven. Miri què he trobat.

Eren imatges del vídeo de vigilància de les càmeres exteriors del banc. La imatge era en blanc i negre i granulada, però es veia plenament l'Steven Scarabelli.

—Era just aquí quan es van disparar les bales. Es poden escoltar els tirs. També es veu que no té res a les mans i està en la direcció oposada a la trajectòria de les bales.

—No m'importa —va dir el Brayden amb el rostre vermell.

El vaig interrompre.

—No t'importa que es culpi un home innocent d'assassinat? Creia que et coneixia millor, Brayden.

El Brayden va negar amb el cap.

—No em coneixes en absolut, Cen. Mai ho has fet.

L'àvia Vi va taral·lejar i va fingir tocar un violí.

—Drama!

La vaig fulminar amb la mirada abans de girar-me cap al Brayden.

Les bales no eren l'única cosa que volava sobre Westwick Corners.

—Centrem-nos en l'assassí que encara està lliure —va dir—. Fins que no el descobrim, podríem acabar amb un altre assassinat a les nostres mans.

—Queda't lluny d'açò, Cen. És una investigació policial i no és assumpte teu.

El Brayden va saltar cap a enrere de colp fregant-se el cap.

El sostre sobre ells s'havia esquerdat fent que ploguessin trossos de guix. Una fina capa de pols li cobria el cap i els muscles de la jaqueta blau marí. Just sobre ell hi havia un enorme forat al sostre. S'havia obert sense raó aparent i només havia caigut sobre el Brayden.

L'àvia Vi flotava just darrere d'ell, rient.

Estava enfadada i contenta amb ella alhora, i només vaig poder reprimir un somriure.

—Aquest lloc és un abocador.

El Brayden es va fregar la cara amb les mans per netejar-se la pols dels ulls. Potser que fos la dutxa de guix o potser l'amenaça de l'assassí solt, però alguna cosa va tindre efecte sobre ell. L'empitjorament de la situació va semblar afectar-lo.

—Li donaré vint-i-quatre hores.

—Tindrem l'assassí aleshores —va contestar el Tyler arrufant el front.

Esperava que tingués raó. Havíem de detenir la carnisseria abans que l'assassí no actués de nou.

# CAPÍTOL 18

*D*esprés de saludar la mare en la cuina, el Tyler i jo vam tornar al menjador. La tieta Amber havia tornat. Seia en una taula just al costat de la porta de la cuina, movent el turmell nerviosament. Estava enrojolada i semblava inquieta. Probablement perquè l'alcalde Brayden Banks encara era allà.

El Brayden s'havia tret la pols que li havia caigut i estava engolint una porció doble del pastís de cireres de la mare. Semblava content, almenys fins que ens va veure dirigint-nos cap a la seva taula. La tieta Amber es va aixecar i es va col·locar darrere de nosaltres.

Vaig pensar que qualsevol conversa que tingués lloc entre el Brayden y el Tyler necessitava testimonis. Els tres ens vam quedar allà esperant que el Brayden aixequés la vista, però es va quedar mirant el seu pastís a mig menjar totalment absort.

—Vaig ser jo —va dir la tieta Amber en veu suficientment alta perquè l'escoltessin tots els presents al menjador—. Jo vaig matar el Dirk Diamond.

El Brayden va obrir la boca de par en par amb la forqueta en l'aire.

—Com diu? Va ajudar l'Steven Scarabelli?

La tieta Amber s'estava ficant en un gros embolic, massa gran fins i tot perquè una bruixa hi posés remei.

—Tu no ho vas poder fer —vaig dir fulminant-la amb la mirada esperant que deixés de parlar—. Et vaig veure marxant abans que es produïssin els tirs.

—Potser que no dispari la bala, però vaig ajudar.

La tieta Amber va somriure com si acabés de pronunciar el fet més intranscendent del món.

El Brayden va deixar caure la forqueta.

—Com exactament? Va donar l'arma a l'Steven Scarabelli?

La tieta Amber es va limitar a somriure.

—Va contractar un assassí?

El rostre del Brayden mostrava confusió.

Em vaig apropar més a i vaig murmurar a l'orella de la tieta:

—Per què fas açò? Estàs complicant les coses. Desviaràs tota la investigació.

—Tranquil·la —va respondre en veu baixa—. Forma part del meu pla mestre.

—Oblida el pla mestre. —La vaig agafar del braç i la vaig apartar. Ja havia tingut prou drames amb la tieta Amber—. El poble, i, per descomptat, el Dirk, haurien estat molt millor si el rodatge mai hagués succeït en primer lloc. Açò és seriós. Quan t'arrestin no podràs tornar a Londres.

Es va allisar els cabells i va somriure a la parella que ocupava la taula del costat.

Tal i com sospitava, la tieta Amber buscava ser el centre d'atenció sense pensar amb el cap.

El Brayden va assenyalar el Tyler.

—Ja l'ha sentit, xèrif Gates. Per què no l'arresta?

El Tyler va obrir la boca per respondre, però s'ho va pensar millor. Es va treure un parell de manilles de la butxaca de la jaqueta i va emmanillar la tieta Amber.

—Tieta Amber! Digues que no ho deies seriosament.

La seva maniobra de distracció, si és que ho era, amenaçava amb descarrilar la investigació del Tyler una vegada més.

Em va ignorar i va aixecar les mans.

—Soc còmplice de l'Steven. Entre tots dos vam matar el Dirk.

—Tanqui-la, Gates —va ordenar el Brayden assenyalant la tieta Amber—. No deixi que aquesta també se li escapi.

Em va sorprendre l'hostilitat del Brayden. Encara que ja no hi havia amor entre nosaltres dos, li agradava molt la tieta Amber quan sortíem. Tanmateix, ara no veia res de dolent en enviar la tieta Amber a la presó mentre menjava el pastís de la mare.

—Espereu! He mentit, no vaig ser jo. Però la meva vida corre perill.

La tieta Amber va ploriquejar mentre escodrinyava el menjador. Tenia el públic captivat. Cada persona al menjador havia deixat de menjar, parlar, o fer qualsevol cosa que estigués fent només per mirar-la.

—Necessito custòdia protectora, xèrif Gates. La meva vida està a les seves mans.

Almenys durant uns minuts, la tieta Amber havia sigut la protagonista.

Si n'hagués sabut el preu...

# CAPÍTOL 19

Finalment, vam aconseguir treure la tieta Amber del focus d'atenció i portar-la a la cuina on no podria ficar-se en més problemes. Però el mal ja estava fet.

L'àvia Vi, que estava de guàrdia al menjador, acabava d'entrar per informar-nos que el Brayden acabava de trucar la policia de l'estat de Washington. Volia involucrar-los en la investigació sense que el Tyler ho demanés.

La tieta Amber movia les mans emmanillades amb nerviosisme.

—Aquestes manilles m'estan matant, Tyler. Per què he de portar-les?

Va sospirar.

—Vostè s'ho ha buscat, recorda? No m'ha deixat més remei.

—Estan a punt d'acomiadar el Tyler per la teva culpa —va afegir—. No et sens una mica culpable?

—Per què hauria de sentir-me culpable? —va fer el petarrell—. Només intentava ajudar, que semblés que el Tyler estava progressant. Per què us heu tornat tots tan sensibles de sobte?

Vaig negar amb el cap.

—No es pot desfer una confessió d'assassinat, tieta Amber. Ningú oblidarà la teva actuació estel·lar allà fora.

Es va animar immediatament.

—De debò? Tan bé he actuat? T'he convençut?

El Tyler va negar.

—No és moment d'actuar, Amber. Li trauré les manilles, però ha de prometre que aquesta vegada mantindrà la boca tancada. Pugi a la seva habitació i no parli amb ningú. I no marxi per res del món...

—Però i si...

—Sense excepcions. —El Tyler es va apropar a mi i em va xiuxiuejar—: No puc resoldre un assassinat i tractar amb la teva família de bojos alhora. Pots assegurar-te que es mantinguin fora de vista fins que el Brayden marxi?

—Les tindré ocupades. —Em vaig girar cap a la meva tieta—. Va, amunt, tieta Amber.

No tenia ni idea d'on era la tieta Pearl. La seva absència a l'hostal em preocupava perquè probablement estaria causant problemes en altra part. Però ja estava ocupada, així que vaig decidir oblidar-la de moment.

Després d'acompanyar la tieta Amber fins a la seva habitació i acomodar-la amb revistes de xafardeig de Hollywood, vaig tornar a baixar per ajudar la mare a netejar la cuina. Havia sigut un dia esgotador. Prompte es faria de dia i mantenir les meves tietes apartades significava que també hauria de fer les tasques de manteniment de la tieta Pearl a més ajudar la mare amb tot. Necessitàvem un pla per tindre-ho tot en ordre i tractar amb els convidats.

Va resultar ser un bon moment. La mare ja tenia una tasca per a mi, portar-li el sopar a l'habitació de l'Steven Scarabelli. Entre la seva estància a la presó i les seves copes d'Embruix, s'havia perdut el sopar.

Vaig agafar el plat de carn i verdures que encara treia fum i vaig sortir de la cuina. Em vaig sentir alleujada perquè finalment havia pujat a la seva habitació per passar la nit. Potser que l'elenc i l'equip no anessin darrere d'ell, però els fans més rabiosos del Dirk Diamond volien revenja. Probablement fos una sort per a ella estar atrapada al nostre poblet.

De fet, des que havíem tornat a l'hotel una estona abans, havien aparegut sis o set fans. Jo no els havia vist, però segons un dels

COLLEEN CROSS

membres de l'equip, els fans del Dirk havien acampat fora de la propietat en la part inferior del turó. Més seguidors s'havien reunit al voltant d'un santuari temporal de espelmes i flors al set de la pel·lícula.

Encara que no podien veure el que ocorria a l'interior de l'hostal des del seu campament a la porta principal, tenien una vista privilegiada de tots els que entraven i sortien. El Tyler havia tancat la porta amb precaució abans, pel que qualsevol convidat havia de trucar perquè obrirem. Això proporcionava una aparença de calma, almenys en la superfície.

Les notícies de Hollywood viatjaven ràpid... molt ràpid. Encara no s'havia fet cap anunci oficial sobre el Dirk. Westwick Corners estava allunyat, a prou hores conduint des de Seattle. Tanmateix, ja hi havia gent al tant de la tragèdia.

Esperava que el poble estigués ple de seguidors del Dirk i de premsa de Hollywood per al matí següent. Això em va donar una idea. Per una vegada, la nostra ubicació apartada de la societat era un avantatge, i tenia intenció d'usar-la per fer una entrevista en exclusiva, si podia arreglar-ho.

Vaig portar el sopar a l'Steven Scarabelli a la seva habitació del tercer pis, plenament conscient que, almenys de moment, era l'única reportera que tenia accés a ell. Tenia la intenció de treure'n avantatge.

El meu estómac va rugir per l'aroma que sortia del sopar. Era un plat combinat amb una ració doble de carn, pudin de Yorkshire, pastanagues, dues cullerades de puré de creïlles i una guarnició separada de salsa. Se'm va fer la boca aigua quan em vaig adonar que no havia menjat res des del matí.

Quasi vaig xocar amb la tieta Amber quan baixava les escales amb la maleta en la mà.

—Tieta Amber, on vas? Saps que no pots anar-te'n.

—No puc quedar-me aquí, Cen. No al mateix lloc que un assassí de sang freda. I si soc el seu pròxim objectiu?

—No ho seràs.

Sostenia el plat amb una mà mentre m'agarrava del passamans amb l'altra.

—Això no saps. Va trair la Rose, el Dirk i, finalment, a mi. Ja n'he tingut prou amb aquest home.

Va deixar la maleta sobre la catifa del replanell.

Com de costum, la tieta Amber havia fet que tot girés al seu voltant.

—Però era el Dirk qui volia acomiadar-te. Jo era allà. Ho he escoltar tot.

—Voldria que deixessis de dir això —La tieta Amber va contenir l'alè—. Estàs equivocada.

—No, no ho estic. Recordes quan m'has presentat el Dirk? Després tu has anat cap al set, però jo no. He vist l'Steven discutint amb el Dirk als exteriors del banc. No parlaven sobre el guió, parlaven de tu.

La tieta Amber es va posar les mans als malucs indignada.

—És clar que parlaven sobre mi. El Dirk m'estava defensant. Era un amic molt lleial.

Vaig negar amb el cap.

—Tem que no és el cas. El Dirk ha donat a l'Steven un ultimàtum: si l'Steven no t'acomiadava, el Dirk marxaria. L'Steven ha protestat, però al final, ha hagut d'acceptar les exigències del Dirk. No podia filmar la pel·lícula sense ell. Com havia signat tots els contractes, hauria de pagar l'elenc i l'equip. El Dirk li portaria la ruïna. I tant els treballadors de la pel·lícula com ell, es quedarien sense feina. Quina altra possibilitat tenia l'Steven?

—T'equivoques —va repetir la tieta Amber amb els ulls plens de llàgrimes—. O potser que estiguis de part de l'Steven. Us ha tornat a tots en contra meva.

—Creus que et mentiria, tieta Amber?

—No ho sé —va ploriquejar—. Tota la gent en qui confiava s'ha tornat contra mi. Ja n'he tingut prou d'aquest color. Me'n torno a Londres.

Va agafar la maleta i va baixar les escales.

Vaig sospirar, frustrada. La tieta Amber seguia veient la tragèdia des del seu punt de vista, sense posar-se en el lloc de l'Steven.

—No pots anar-te'n, ho has promès al Tyler, recordes? Necessites el seu permís per sortir de la ciutat.

La tieta Amber ja estava al peu de les escales. Va aixecar el cap i em va mirar enfadada.

—No necessito el permís de ningú. Faig com vull quan vull.

Vaig tornar a sospirar. No volia que el Brayden tingués una altra excusa per acomiadar el Tyler.

—Si us plau, no marxis, tieta Amber. Queda't pel Tyler. Per mi.

—No m'ho puc creure.

Per primera vegada hi havia un rastre d'incertesa a la seva veu. Els ulls li anaven sense parar de la porta fins a mi.

—Vols proves? Potser en puc aconseguir.

La meva màgia a penes era capaç de tornar-me al moment de la discussió de l'Steven i el Dirk, encara menys de portar a l'Amber amb mi.

—Podem fer un encanteri de retrocés i t'ho ensenyo.

—«Podem?» —La tieta Amber va fer les cometes amb els dits—. Has de controlar la màgia sola, Cen. No sempre estarem aquí per ajudar-te.

—No volia dir...

—Has de concentrar-te-

—Bé, d'acord —vaig dir amb veu ferma intentant no mostrar el dolor que sentia. D'algun mode, fos el que fos, havia de mostrar-li a la tieta Amber la veritat—. Ho aconseguiré, ja veuràs.

La tieta Amber va rodar els ulls.

—No sé com podria ajudar un encanteri de retrocés. No era amb tu quan has escoltat el Dirk i l'Steven. Com puc tornar a un lloc o mai he estat?

La inspiració em va arribar de colp.

—Espera, tinc una idea. El Dirk i l'Steven eren fora del banc. Potser una de les càmeres que gravaven l'escena del robatori estava encesa i va captar la conversa.

Era massa esperar, però valia la pena intentar-ho.

Això va despertar l'interès de la tieta Amber.

—Si hi ha una pel·lícula, la vull veure.

—Vine amb mi mentre entrego aquest sopar.

El Tyler no ho permetria, així que hauria de fer-ho sense que se'n assabentés. Em sentia fatal, però si la tieta Amber no retirava la seva acusació contra l'Steven, la investigació estava irremeiablement perduda.

O pitjor. Podrien condemnar per assassinat un home innocent.

—Saps que l'Steven no va poder matar el Dirk. No era prop d'ell.

Vaig explicar els moviments que havia vist fer a l'Steven, amb comte de no mencionar res de la investigació d'assassinat.

—I què? Potser que usés efectes especials per dissimular la trajectòria de la bala. No sé com, però estic segura que està involucrat d'algun mode. Potser ha contractat un sicari perquè fes la feina bruta.

Em va empentar per pujar les escales i va ficar el colze al puré de creïlles.

Vaig mirar decaiguda el puré desmuntat.

—Mira que has fet.

—De debò, Cen? Et preocupa que la teva muntanya de puré de creïlles no sigui perfecta mentre estem tancades amb un assassí?

Vaig negar amb el cap.

—No puc entregar el menjar així. Sembla que algú hagi ficat el dit. —L'Steven assumiria que algú seria jo i disminuiria significativament les possibilitats d'aconseguir una entrevista exclusiva—. Arregla-ho, si us plau.

La tieta Amber va rodar els ulls.

—Hauries de poder-ho fer tu, Cen. És màgia bàsica, per l'amor de déu. Els de la teva generació ho doneu tot per fet. Has d'entrenar els teus poders abans no sigui massa tard.

Vaig començar a protestar, però no tenia sentit discutir. En canvi, vaig apel·lar l'ego de la tieta Amber.

—Si us plau... tens molta més traça que jo.

Això va funcionar. Va agitar la mà i la muntanya va tornar a ser tan perfecta com abans.

—Hi ha una cosa més: no podem trobar l'assassí del Dirk sense la teva ajuda. Saps que no és l'Steven. Algú d'aquí sap alguna cosa, i d'entre totes les estrelles... —Vaig fer una pausa dramàtica perquè la paraula sortís efecte—. Ets l'única aliena a Hollywood. Estàs en una posició única per ajudar.

—Ho estic?

La tieta Amber semblava dubtosa i desconfiada.

Vaig assentir.

—Ets essencial per resoldre el crim perquè ets propera al Dirk.

«I a l'Steven», m'hauria agradat afegir, però no m'atrevia a pronunciar el seu nom. No volia llençar més llenya al foc que s'havia encès amb el comiat.

—Era propera al Dirk i també a la Rose. Tots dos es preocupaven per mi. —La tieta Amber es va portar les mans a la boca i se li va trencar la veu—. Ara ja no hi són cap dels dos.

Vaig fer una ullada a la carn que ja no cremava. Dubtava molt que la tieta Amber hagués sigut la catalitzadora de l'exitosa carrera del Dirk, però ara ja res d'això importava. Tanmateix, hi havia una cosa que havia de saber.

—De debò la Rose va morir per un aneurisma cerebral?

—No ho sé. Que hagin mort tots dos em sembla massa coincidència. —Es va eixugar una llàgrima de la galta—. Ella era la viva imatge de la salut.

—Lamento parlar d'això en un moment així, però a mi també em sembla sospitós.

Vaig pensar que més tard en comprovaria els detalls.

—Més que sospitós. Tanca el cas contra l'Steven. Els va matar a tots dos —va dir la tieta Amber—. Van confiar en ell i ara són morts.

—No crec que hagi estat ell, tieta Amber. Està econòmicament arruïnat. Pateix més per les morts que ningú. Ha d'haver estat una altra persona.

Vaig mirar pel passadís, tement que algú ens escoltés. Ara que la tieta Amber s'havia calmat, m'estava proporcionant informació realment útil. Volia que seguís parlant.

—Hauríem de parlar en privat. Vine dalt amb mi. Entrego aquest sopar i parlem.

—D'acord.

Va pujar les escales davant de mi, aturant-se al segon pis per deixar la maleta amb el passamans.

—On?

—Al tercer pis.

Em vaig negar a dir-li per qui era el plat. Si hagués sabut que era per l'Steven, no hauria vingut.

Estava de millor humor.

Malauradament, això significava que el seu dol havia esta reemplaçat per una diatriba contra l'Steven.

—L'Steven es va posar fet un bou amb el Dirk sense cap raó.

—Ho puc entendre. Havia invertit tots els seus diners en la producció quan el Dirk el va abandonar.

Vaig disminuir la marxa quan ens vam apropar a la porta de l'Steven. No volia que ens escoltés.

—Hi ha una cosa més —va dir la tieta Amber—. L'Steven també estava enfadat amb el Bill. Hauries de preguntar-ho al Bill.

Era difícil llegir l'expressió de la tieta Amber en un passadís tan poc il·luminat.

—Potser que ho faci.

Vaig trucar suaument la porta de l'Steven preparant-me pel que venia. Esperava que la tieta Amber fos almenys civilitzada amb l'Steven, però potser el millor per tots dos fos simplement fer les paus.

No deuria haver-me preocupat per la seva disputa. Ens enfrontàvem a un problema molt major, un que no hauria esperat ni en un milió d'anys.

# CAPÍTOL 20

*L*a porta de l'Steven es va obrir quan la vaig colpejar i em va fer perdre l'equilibri. La safata amb el sopar va tremolar perillosament, però d'algun mode m'ho vaig apanyar per estabilitzar-me i subjectar-la.

—Hola?

La porta estava oberta i tot estava inquietantment tranquil. Em vaig sentir estranya al entrar sabent que l'Steven era allà.

No va haver resposta.

—Segur que és aquesta habitació, Cen? —ve preguntar la tieta Amber.

No vaig respondre, només vaig estirar el coll per mirar dins de la porta. Els llums estaven apagats, les cortines tancades i l'habitació estava a obscures, tret d'una franja de llum que sortia de la porta entreoberta del bany. La llum il·luminava alguna cosa a terra prop de la porta d'entrada. Semblava un muntó de roba o de llençols. Vaig empentar suaument la porta, però no es va moure. Fos el que fos, m'impedia obrir.

Mentre els ulls se m'adaptaven lentament a l'obscuritat, vaig veure un parell de peus. Estaven connectats a la massa de terra.

—No! —vaig exclamar i vaig fer un bot horroritzada.

—Què? Què passa?

La tieta Amber em va empentar per poder veure.

Vaig ficar la mà a l'interior, vaig accionar l'interruptor de la llum i vaig retrocedir espantada. Estava tot cobert de sang.

Davant de mi jeia el cos immòbil de l'Steven Scarabelli.

La tieta Amber em va tornar a empentar i aquesta vegada la porta va passar junt als peus de l'Steven i es va obrir de par en par. La safata amb el sopar va volar de les meves mans i va caure a terra amb un fort estrèpit. El puré i la carn es van escampar per tot arreu abans que la safata caigués als peus de l'Steven.

Vaig fer un pas enrere i vaig xocar amb la tieta Amber, el rostre de la qual era a pocs centímetres del meu. Totes dues vam cridar.

—Oh, no. Steven no.

Em vaig portar una mà a la boca.

—Cen, que dimonis...

La tieta Amber va trontollar cap a enrere.

—No miris.

Els meus ulls van anar des dels peus fins al rostre de l'Steven, congelat en una ganyota eterna. Un ganivet li sortia del pit. Vaig obrir la boca, però les paraules no em van sortir. Vaig assenyalar el cos amb impotència.

—Que no miri què? —La tieta Amber em va empentar i es va aturar en sec—. Mare meva! Ajuda!

Vaig fer una ullada a l'habitació. A més del cos sense vida de l'Steven no hi havia res fora del normal. Excepte per la carn que acabava de contaminar l'escena del crim.

—Tieta Amber, espera. —Vaig assenyalar les gotes de puré que cobrien les cames de l'Steven—. Crec que acabo de comprometre les proves forenses. Quin desastre!

Se li van engrandir els ulls mentre ho assimilava tot.

—Sí, és un desastre. Podria fer un encanteri de retrocés.

Vaig negar amb el cap

—No podem fer res, és l'escena d'un crim.

Em mortificava que pogués arribar a considerar tal cosa.

—D'acord. Suposo que sí. —Una llàgrima va relliscar pel rostre de la tieta Amber quan es va agenollar al costat de l'Steven—. No hem tingut l'oportunitat d'arreglar les coses. Qui faria una cosa així?

La vaig aixecar i la vaig apartar del cos de l'Steven.

—Serà millor sortir d'aquí abans que empitjorem més les coses.

Vaig treure el mòbil i vaig marcar el número del Tyler.

—Steven, he trobat el... hòstia! —El Bill era a la porta amb una expressió d'estupefacció al rostre—. Què dimonis ha passat?

La tieta Amber va ploriquejar.

—L'Steven és mort! La Cen ha vingut a portar-li el sopar i...

Les paraules es van transformar en un gemec incoherent mentre la guiava a ella i al Bill cap al passadís.

El Tyler va arribar corrent fins a nosaltres i va assenyalar el Bill.

—Éreu amb ell?

El Bill va negar amb el cap.

—Acabava de vindre a la suite a prendre una copa. He estat aquí fa uns minuts i he anat a l'habitació a per alguna cosa més per beure. —Va aixecar una ampolla de whisky d'aspecte car—. He sortit fa un parell de minuts.

Havia passat menys de mitja hora des que l'Steven havia tornat a la seva habitació.

—Hi ha algú més dins o fora de l'habitació?

El Tyler va arrufar el front mentre escodrinyava l'habitació en cerca de proves o d'alguna cosa fora del normal. El llit, l'escriptori i el bany semblaven intactes. L'únic signe d'ocupació era una maleta oberta junt a l'escriptori.

—No ho crec —va dir el Bill—. Quan he tornat la primera vegada ha dit que acabava de vindre de fer un passeig pel jardí. Ha anat a pegar una volta quan ha sortit del bar. Ha dit que havia estat pensant en la pel·lícula i en la substitució del Dirk.

Hi havia un fum de papers sobre l'escriptori. Quan em vaig apropar, vaig veure que era el guió d'una pel·lícula. Les pàgines estaven escrites amb tinta vermella. Hi havia comentaris enfadats i signes d'exclamació gargotejats per totes les pàgines. Em vaig inclinar per estudiar-ho més de prop i vaig veure que molts dels comentaris estaven signats amb una D inicial que vaig suposar que seria del Dirk.

—És una còpia marcada d'*Atracament a mitjanit* —vaig dir, encara que ningú m'estava prestant atenció.

El Tyler i el Bill estaven prop del bany, mentre que la tieta Amber era al costat de la porta.

—Juro que no hi havia ningú aquí quan he marxat. I només he estat fora un minut. La meva habitació està al costat, així que no sé perquè no he escoltat res. —El Bill va negar amb el cap—. Aquest és un poble perillós. Què dimonis està passant?

Vaig olorar l'alcohol en l'alè del Bill, encara que estava a mig metre de distància. O mentia o l'alcohol havia distorsionat la seva noció del temps. Definitivament, algú havia visitat l'habitació.

—La finestra és oberta —vaig assenyalar. Les cortines tancades ondulaven suaument per la brisa de la tarda—. Potser l'assassí hagi marxat per l'escala d'incendis.

El Tyler es va apropar i va obrir les cortines. Es va inclinar per la finestra per veure millor el sòl que hi havia baix.

El vaig seguir i vaig treure el cap per la finestra. L'escala d'incendis acabava en el segon pis. Des d'allà hi havia una caiguda de tres o quatre metres fins a la gespa. Semblava una ruta de fugida probable. Era impossible de veure des d'on érem al tercer pis, però l'assassí podia haver deixat empremtes o altres proves. Tret que el sospitós hagués escapat pel passadís, la qual cosa implicava que l'assassí encara seria dins de l'hostal. Em vaig estremir involuntàriament.

Vaig baixar la veu perquè el Bill i la tieta Amber no poguessin escoltar.

—Suposo que ara el Brayden ja no podrà enfadar-se amb tu.

Va sospirar.

—No puc culpar un home mort, oi? Espero no ser l'únic que hagi tret l'Steven de la llista de sospitosos.

La tieta Amber es va girar cap al Bill.

—L'Steven es comportava d'un mode estrany darrerament, com quan et va cridar per l'arma que faltava.

—Oblida això.

El Bill va moure la mà restant-li importància. Semblava ansiós per marxar.

—Espera, què és això de l'arma perduda?

El Tyler es va apartar de la finestra per mirar el Bill.

—Vaig parlar a l'Steven sobre l'arma que faltava quan ho vaig notar —va explicar el Bill—. Em va dir que no em preocupés. Que hi havia coses més importants de les quals ocupar-se.

—Per què no ho has mencionat abans? És un detall important.

—És el meu cap. O ho era. —Els ulls del Bill es van omplir de llàgrimes—. Estava encobrint-lo. Vaig pensar que es ficaria en problemes per l'arma que faltava. Ja saps, sembla que va matar el Dirk. És irrellevant ara, perquè l'Steven mai hauria fet mai al Dirk. Ni a ningú.

—Jo decidiré si és o no rellevant —va dir el Tyler—. És important si l'arma s'ha utilitzat per a matar.

La tieta Amber es va portar una mà a la boca i es va dirigir a mi.

—En quin moment s'ha convertit Westwick Corners en un lloc tan perillós? Ja no reconec aquest poble.

—Hauries d'haver-m'ho dit, Bill —va repetir el Tyler arrufant el front—. Què més estàs encobrint?

—Res, ho juro. Mira, l'únic que sé es que li vaig parlar de l'arma i va dir que hi havia altres coses de les que preocupar-se. Quines coses eren, no ho sé. —El Bill va aixecar les mans amb els palmells cap a fora en senyal de rendició—. No volia que cap arma caigués en mans inde-sitjades, però quan vaig suggerir contar-ho a la policia, l'Steven va dir que no calia molestar-se. Vaig intentar raonar amb ell, però ell és el cap.

L'única persona que sabia que era innocent era l'Steven, i ara tenia un ganivet al pit. L'home a qui tots estimaven aparentment tenia almenys un enemic.

Potser la tieta Amber no exagerés sobre la seva seguretat personal al cap i a la fi, mentre no tinguéssim clars els motius de l'assassí, tota la resta de membres de la pel·lícula també corrien perill.

Em vaig estremir quan vaig veure la tieta Amber eixugant-se les llàgrimes amb la màniga.

Qui seria el següent?

# CAPÍTOL 21

El Tyler va trucar el metge forense i la Unitat de Delictes de Shady Creek perquè tornessin a l'hostal. La tieta Amber i jo vam fer guàrdia a la porta de la suite de l'Steven mentre el Tyler examinava l'escena. El personal de Shady Creek va arribar en temps rècord i el Tyler va deixar l'escena a les seves mans en una hora. Després vam baixar.

El Tyler ens havia fet prometre a tots, fins i tot al Bill, que guardaríem el secret. No volia que es divulgués cap detall fins que no es processés l'escena del crim i s'aixequés el cos de l'Steven. Entenia el motiu. Tots s'espantarien i correrien immediatament cap a dalt. I seria una cosa prou difícil de gestionar, ja que el Tyler era l'única autoritat policial. Amb dos assassinats, les coses s'estaven posant lletges.

Se'm va enfonsar el cor quan vam arribar al menjador. El Brayden seguia a la seva taula i immediatament es va adonar que la tieta Amber estava lliure quan va travessar el menjador directa cap a la cuina. Havia arruïnat la seva possibilitat d'arrest domiciliari a l'hostal, per la qual cosa el Tyler no tindria més remei que portar-la a la comissaria de policia.

Però primer, havia de donar algunes explicacions abans que el Brayden veiés aparcada de nou la furgoneta de la policia forense de

Shady Creek. Però va resultar que l'havia vista. Fins i tot havia estat informat pel metge forense de camí. Les coses no pintaven gens bé per al Tyler. M'esperava veure aparèixer la policia estatal en qualsevol moment.

El Brayden va assenyalar cap a la porta de la cuina darrere de la qual s'amagava la tieta Amber.

—Tragui-la d'aquí.

Em vaig preguntar si el Brayden pensaria que la tieta Amber també era culpable de l'assassinat de l'Steven. Semblava absurd. Però basant-se en la confessió anterior de la tieta Amber dient que era còmplice de l'Steven, potser que cregués que l'Amber havia comés un doble crim.

El Tyler va assenyalar amb el cap en direcció cap a la cuina.

—Ara me l'emporto, però primer he de dir-te una cosa.

—Podem parlar després.

El Brayden semblava terriblement tranquil, tenint en compte el que acabava de succeir.

Massa tranquil, de fet. Ara estava segura que la policia estatal estava de camí. No hi havia res que pogués fer ni objectar sense causar-li més problemes al Tyler. Així que vaig treure la tieta Amber de la cuina i ens vam reunir amb el Tyler fora. Totes dues vam seure al seient de darrere i el Tyler va conduir turó avall passant per la porta principal on es reunien els fans del Dirk.

La meva tieta va baixar la finestra i va treure el cap.

—Ajuda! M'han inculpat!

Em vaig llençar cap a ella, però el cinturó de seguretat em va retenir.

—Prou, tieta Amber. Estàs actuant com una nena malcriada.

Els ulls del Tyler es van trobar amb els meus a l'espill retrovisor. No va dir res.

—Actuar, això és el que faig. —La tieta Amber va fer el petarrell—. És la meva única oportunitat per aconseguir una mica de drama.

—Doncs deixa-ho. És totalment inapropiat en un moment com aquest. Ets pitjor que la tieta Pearl.

Tenia els nervis al límit i no sabia quant més podria aguantar. Em vaig sentir especialment malament per la mare, ocupant-se de l'hostal

144

tota sola mentre les seves germanes sembraven el caos. Probablement la tieta Pearl estigués cremant el bar en aquell mateix moment.

Vam continuar la resta del trajecte fins a l'ajuntament en silenci. L'aparcament estava totalment ocupat pels camions de la pel·lícula.

El Tyler va maleir en veu baixa i va posar direcció a un altre aparcament a una illa de distància. Vaig ajudar la tieta Amber a sortir del cotxe i li vaig posar una jaqueta sobre els canells per amagar les manilles, però se la va treure i va aixecar les mans.

—Soc innocent! —va cridar la tieta Amber trontollant pel Carrer Major fins a l'ajuntament—. La justícia és una farsa.

Per sort, el carrer estava tan buit com de costum. Tot l'equip de la pel·lícula era a l'hostal o en algun altre lloc.

Això no va fer que els dramatismes de la tieta Amber em molestessin menys. Tots tres vam caminar pel carrer, cansats i abatuts. El Tyler anava a un costat de la tieta Amber i jo a l'altre. Ens dirigíem al despatx del Tyler a l'ajuntament.

Quan vam apropar-nos, vaig veure un centelleig. Al principi vaig pensar que les sis o set persones que hi havia eren part de la pel·lícula, però no em sonaven. Quan ens vam apropar vaig recordar que alguns dels fanàtics del Dirk s'havien reunit al centre. Però no eren fans.

Hi havia també un grapat de periodistes. La notícia s'havia donat a conèixer, almenys la part del Dirk. Em vaig preguntar quant trigarien en descobrir el que havia passat a l'Steven.

Es van apropar diverses furgonetes i de sobte hi havia tants cotxes rentats i furgonetes que havien creat el seu propi trànsit d'hora punta. Tenint en compte el nivell d'activitat, vaig témer que ja s'hagués filtrat la notícia de la mort de l'Steven. Havia d'haver estat el Bill o la tieta Amber, ningú més ho sabia.

—Has...?

La tieta Amber em va fer callar amb un gest de mà.

—Estic exercint els drets que em concedeix la cinquena esmena així que no preguntis.

—Però és important, tieta Amber. Per què ho fas tot tan difícil?

Em va ignorar. Fos per la raó que fos, la premsa era al Carrer

Major en el seu màxim esplendor. Em va sorprendre veure una furgoneta de la CNN estacionada a l'altra banda del carrer.

No vam cridar gaire l'atenció fins que la tieta Amber va veure les càmeres.

Es va aturar en sec i quasi em va fer caure.

—Ei, eixa dona és de la CNN. Som a la televisió nacional —va dir somrient falsament cap a les càmeres.

La vaig estirar del braç.

—Entrem-hi. No els interesses ni tu ni la pel·lícula, tieta Amber. Son aquí per l'assassinat del Dirk.

Era impossible que ja sabessin allò de l'Steven.

La tieta Amber es va girar cap a les càmeres i va cridar:

—Auxili!

Vaig prémer les dents i la vaig agarrar del braç per evitar que fugís corrent.

—Anem a entrar.

En aquell moment ja ens envoltava un grapat de periodistes posant-nos gravadores i micròfons davant de la cara.

—El va matar?

—Per descomptat que no! —va exclamar la tieta Amber desfent-se de la meva mà—. No he matat l'Steven com a revenja per haver matat el Dirk.

—Què? Esperi! —Una dona rossa d'uns trenta i tants vestida per a la televisió es va apropar més i va col·locar una gravadora davant de la cara de la tieta Amber—. L'Steven Scarabelli és mort?

La tieta Amber es va girar cap a mi com si fos en tràngol.

—No puc concedir una entrevista?

—És clar que no! —va dir el Tyler amb el rostre seriós—. L'única entrevista que concedirà és a mi. Una investigació d'assassinat és una cosa molt seriosa, Amber. L'únic que parlarà amb els mitjans soc jo. Entesos?

—Entesos. —La tieta Pearl semblava abatuda—. Sou tal per a qual. Tan estirats i seguint la llei al peu de la lletra. No m'estranya que necessitis una poció d'amor!

El Tyler va buscar la meva mirada amb una expressió de desconcert.

—T'ho ha dit l'àvia? Per què...? Igual té.

Vaig començar a protestar, però em vaig aturar en sec. Totes les mirades estaven posades sobre nosaltres, i qualsevol cosa que diguéssim o féssim podria convertir-se en notícia. Pel que semblava el Tyler i jo també érem font de xafardeig, almenys entre la meva família.

Em va semblar una eternitat, però al final vam aconseguir arribar a l'ajuntament i entrar-hi. El Tyler va tancar la porta darrere de nosaltres.

—Em pregunto si sortiré en portada —va comentar la tieta Amber amb les galtes vermelles d'emoció.

Estava encantada amb l'atenció dels mitjans, encara que s'especulés que era una assassina.

—Deixa-ho, tieta Amber —vaig murmurar—. El Dirk Diamond i l'Steven Scarabelli seran portada, no tu. Ningú sap qui ets. A ningú li importa.

Va fer el petarrell.

—No sé d'on has heretat la maldat, Cendrine West. Clarament, de mi no.

—Estàs desviant la investigació, tieta Amber. No és moment per actuar ni dramatitzar. Si de debò t'importa, per què no fas alguna cosa productiva i cooperes amb la investigació?

—D'acord, bé —va dir—. El Bill no va ser l'últim en veure l'Steven viu. Vaig ser jo.

# CAPÍTOL 22

La tieta Amber va estar quasi una hora sencera relatant els seus darrers moments amb l'Steven Scarabelli. Afirmava ser l'última que l'havia vist viu. Això contradeia la declaració del Bill de que només havia deixat l'Steven un moment quan havia anat a l'habitació del costat. Només podia haver-hi una veritat, així que un dels dos mentia.

En realitat, a tots dos els havien descobert mentint diverses vegades, pel que cap dels dos era un testimoni fiable. Això em preocupava. Que la tieta Amber retingués informació era, com a poc, sospitós.

Quan va sortir d'Embruix va anar a la cuina a ajudar la mare a netejar i va fer un passeig pels voltants. Afirmava haver-se trobat amb l'Steven als jardins que rodejaven l'hostal. Segons la tieta Amber, havien arribat a una espècia de treva sobre el seu comiat.

—I després vaig tornar al menjador. Tu em vas veure allà.

El seu somriure estava totalment fora de lloc.

Vaig recordar veure-la asseguda al costat de la cuina, colorada com una atleta de fons que acabés de creuar la meta.

Sabia que mentia. Havia fet alguna cosa més a banda de passejar pel jardí. No només això, sinó que dubtava que hi hagués alguna cosa per negociar sobre el seu paper a la pel·lícula. Tot s'havia esvaït amb la mort del Dirk. Sense el Dirk no hi havia pel·lícula.

El Tyler va aixecar la mirada de la llibreta.

—Així que després del passeig, l'Steven ha muntat per les escales i ha entrat al menjador.

—Sí, això és el que ha passat —es va posar vermella i va baixar la mirada—. He entrat per la porta de la cuina.

—Hi ha cap testimoni?

Si hagués entrat per la cuina, la mare l'hauria vista. Estava mentint i ho sabia.

La tieta Amber no va respondre.

El Tyler va arrufar el front.

—Crec que es trobava a l'habitació de l'Steven, ho admeti o no. Mentir només la fica en més problemes. Potser que fins i tot en la presó.

L'Amber va arronsar les espatlles i va mirar al seu voltant.

—Ja soc a la presó.

—Sap el que vull dir, Amber, de debò. —El Tyler es va passar els dits pels cabells i va sospirar—. Sinceramanent, seria més fàcil per a mi entregar-la simplement a la policia estatal. I alhora em treure el Brayden de sobre.

—No! No pot fer això!

Esperava que fos una fanfarronada, però no podia culpar-lo si ja n'havia tingut prou.

La tieta Amber va començar a murmurar en veu baixa. Quan em vaig apropar per intentar entendre les seves paraules, vaig començar a tenir son.

—U, dos, tres, que no sigui...

Vaig aixecar el cap.

—Para, tieta Amber! No pots usar la màgia per encobrir un crim. Ho saps millor que ningú.

La tieta Amber que sempre seguia les regles, no sabotejava les investigacions. Em sorprenia el seu comportament, era una estranya per a mi.

—Només volia deixar les coses on eren abans que ho fes tot malbé. —Es va eixugar una llàgrima—. Estic fins al coll.

Em vaig quedar bocabadada.

—Vols dir que has manipulat les proves? Em sorprèn que feres tal cosa.

L'expressió de la tieta Amber semblava genuïna. Vaig suposar que les seves habilitats d'actuació eren millor del que creia.

—Per què no? Sé que no he matat l'Steven, així que no vull que el Tyler malgasti el seu temps investigant-me.

—Has estat a l'habitació de l'Steven després que morís? Per què?

El Tyler es va inclinar cap a endavant.

—No hem arribat a reconciliar-nos durant la nostra conversa al jardí perquè seguia pensant que l'Steven mentia. Després m'he adonat que era cert: el Dirk havia fet que m'acomiadés. He muntat per disculpar-me, però era massa tard. —Va ploriquejar cobrint-se el rostre amb les mans—. Encara que, evidentment, jo no l'he matat.

—Has estat a la seva habitació abans que pugéssim el sopar a l'Steven? —Vaig recordar la seva histèria. Sí que era bona actriu—. Per què no has dit res?

—No sé, suposo que estava massa espantada. Entre això i l'edició de la pel·lícula, suposo que he pensat...

Em vaig aixecar d'un bot.

—Com que l'edició de la pel·lícula? De què parles?

—Bé, la Pearl i jo hem pensat que seria un bonic detall continuar i acabar la pel·lícula. Ja saps, amb la mort del Dirk i tot això... De totes maneres, la Pearl ha afegit efectes especials i hem editat la pel·lícula una mica. Hem tallat les tomes dolentes i eixes coses. Només ens queda agregar les meves escenes a la pel·lícula.

—Un moment, quines tomes dolentes?

Pel que sabia, la tieta Pearl no tenia cap experiència en producció cinematogràfica.

—Ja saps, quan actor s'equivoca de frase i tot això. He pensat que si fèiem una mica de neteja ajudaríem tothom. La Pearl i jo només hem avançat la feina de postproducció amb una mica de màgia perquè tots tinguessin menys coses que fer.

—Perquè la pel·lícula acabés abans.

—Quasi l'havíem acabat quan el Tyler ens l'ha pres. —Va negar amb el cap—. Un fum de talls. Era un desastre fins que la vam arreglar.

—Vols dir que la pel·lícula que hem estat revistant tot el temps no és l'original? Tens una còpia de l'original?

Va arronsar les espatlles.

—La Pearl la tenia, però no sé què haurà fet amb ella.

Havia d'aconseguir les tomes originals abans que no es perdessin per sempre.

Si és que no era massa tard.

# CAPÍTOL 23

$\mathcal{V}$aig cercar la tieta Pearl per tot arreu, però no hi havia manera de trobar-la. No estava al centre, ni a l'hostal, ni tan sols a l'Escola d'Encanteri Pearl.

Anava de camí a Embruix mentre el Tyler seguia preguntant detalls al Bill al menjador. Vaig escoltar veus èbries quan em vaig apropar al bar. Si s'havia de jutjar pels nivells de soroll, estava encara més ple que abans. Hi havia gent del poble que s'havia desplaçat per unir-se a l'elenc i a l'equip.

Vaig obrir la porta i vaig analitzar el bar, prenent nota de quins membres de la pel·lícula hi havia presents. Immediatament, em vaig preocupar. Estaven quasi tots borratxos, cosa que es demostrava per com trontollaven, insultaven i derramaven begudes.

No sabia fins on em podia fiar d'ells com a testimonis per la coartada del Bill.

Esperar fins al dia següent em semblava massa, però quina elecció tenia?

Vaig veure la Kim Antonelli, l'antiga agent del Dirk, a la barra. Estava tranquil·lament asseguda front a una copa de vi massa plena.

Em vaig sentir alleujada quan vaig veure la tieta Pearl atenent la barra. Almenys estava ocupada, encara que fos massa generosa a l'hora de servir. Em va veure i va somriure. Em va estranyar el seu inusual bon humor, però almenys no havia tornat a canviar al seu alter ego Carolyn Conroe com solia fer quan era al bar. Ja teníem prou problemes.

Em vaig dirigir cap a la barra just quan el Rick Mazure, el guionista, es va apropar a la Kim. Li va passar un braç pels muscles i li va fer una palmada a l'esquena. Va seure en un tamboret al seu costat.

—Suposo que t'has quedat sense feina.

Al Rick se li enredava la llengua, òbviament havia estat bevent en excés les darreres hores.

Em vaig unir a la tieta Pearl darrere de la barra.

—La tieta Amber m'ha contat la vostra aventura d'edició. Necessito les imatges originals. On son?

—No sé de què parles.

Se li va esvair el somriure mentre netejava una taca inexistent a la barra.

—La tieta Amber està en la presó, l'han acusat d'assassinat. Aquella pel·lícula és l'únic que pot salvar-la. La tens o no?

La part de la pel·lícula era una mica exagerada, però podia fer-se realitat en unes hores.

—Quant em dones per ella?

Va aclucar els ulls estudiant la meva reacció.

—No és moment de fer negoci, tieta Pearl. La tens o no?

—No. —Va seguir netejant la taca invisible de la barra—. Encara que la tingués, no m'incriminaria a mi mateixa.

—De debò vols veure la tieta Amber en un judici per assassinat? Quan se'n faci càrrec la policia estatal el Tyler no podrà fer res. Arribaran en qualsevol moment.

Fins i tot la tieta Pearl tenia cor. Malgrat la seva continua rivalitat amb la tieta Amber, mai deixaria que l'acusessin injustament.

Em va mirar als ulls quan va escoltar la menció a la policia estatal. Es va ficar la mà en la butxaca i va treure una targeta de memòria. Me la va posar en el palmell de la mà.

—Me'n deus una.

—Clar —vaig dir—. Per què no et prens un descans? Et substitueixo una estona.

Per a la meva sorpresa, va accedir. Tindre la tieta Pearl ocupada era millor que tenir-la lliure, però la volia lluny dels membres de la pel·lícula per si se li ocorria una altra mala idea. No volia que creés més problemes al Tyler i a la investigació.

Em vaig guardar la targeta en la butxaca pensant que havia de trobar-me amb el Tyler i tornar corrent a la comissaria de policia. Però havia escoltat algunes paraules de la conversa que estaven mantenint el Rick i la Kim i necessitava saber més.

Aquella era l'altra raó per la qual volia desfer-me de la tieta Pearl, em donava una excusa per rondar al seu voltant. No volia perdre l'ocasió d'escoltar d'amagades. Com a agent del Dirk, la Kim podria tenir informació sobre qui voldria veure'l mort. El Tyler ja li havia pres declaració, però potser el vi i l'atmosfera relaxada del bar li afluixessin una mica la llengua.

Però era el seu company qui parlava tot l'estona.

—Seré ric, Kim, t'apuntes o no?

Em vaig posar a ordenar les ampolles darrere de la barra. Estava d'esquenes a ells, però tenia l'oïda atenta.

La Kim no va respondre. Em moria per girar-me i observar la seva expressió, però no volia cridar l'atenció. Tenia la sensació que la Kim no aprovava el que el Rick li proposava o no sabia què dimonis deia. Va fer un glop a la copa de vi i va sospirar.

El Rick va demanar una altra ronda i li vaig servir un nou whisky a ell i una altra copa de vi a la Kim. Em vaig quedar front a ells tot el temps que vaig poder netejant la mateixa taca imaginària de la tieta Pearl.

El Rick va buidar el got d'un glop i el va deixar d'un colp sobre la barra.

—Trobaré a faltar el Dirk, però no el seu temperament. Ens tractava a tots com a deixalles. Sobretot a tu, Kimmie.

Va posar la mà sobre la de la Kim, ella va treure la seva lentament i la va posar fora del seu abast.

—El Dirk no era el millor paio del món, però el trobaré a faltar. No sé què faré sense ell. Era el meu únic client, així que ara no tinc feina.

—Pots treballar amb mi. —Va tornar a apropar la seva mà a la d'ella —. Obriré la meva pròpia empresa.

La Kim va negar amb el cap.

—Soc agent, Rick. No escric guions, represento actors. Tan de bo hagués pogut mantenir més clients, però el Dirk era massa exigent. Va insistir que treballés amb ell exclusivament. Pagava bé, però mira com he acabat. M'he quedat sense feina en un tres i no res.

—No importa, Kim. Puc fer te rica. Demana-ho i contaré amb tu.

—Com exactament?

Es va tocar la butxaca de la jaqueta.

—Tinc escrit el pròxim Oscar, l'únic que necessito és que em trobis els actors que li puguin donar vida.

# CAPÍTOL 24

El Tyler i jo havíem revisat la pel·lícula de la tieta Pearl diverses vegades en la darrera hora. La tieta Amber havia tergiversat una mica el contingut. La pel·lícula que m'havia donat no estava exactament sense editar. De fet, era una versió millorada amb continguts extra.

Però aquest contingut extra no s'assemblava en res al que incloïen les pel·lícules habitualment. El lloc de tomes falses, escenes eliminades i finals alternatius, hi havia una cosa totalment diferent.

—En què dimonis estaves pensant, tieta Amber?

Les meves dues tietes s'havien tornat boges amb la pel·lícula, afegint explosions i efectes de pirotècnia cada pocs minuts, a més d'afegir un nou paper per a la tieta Amber. Ara era ella la protagonista i no el Dirk. L'únic *Atracament a mitjanit* havien sigut les llibertats que s'havien pres totes dues amb la pel·lícula. La seva veu va ressonar contra les parets:

—No t'escolto. No oblidis que em teniu tancada en una cel·la.

—No puc creure que fessin açò.

El Tyler es va treure les claus de la butxaca i va sortir de la sala. Va tornar en menys d'un minut amb la tieta Amber.

Tècnicament se suposa que devia romandre en la cel·la, però tenint en compte les dràstiques edicions de la pel·lícula, la necessitàvem en la sala d'interrogatoris per explicar-nos escena per escena.

Està clar que no es pot tancar una bruixa i esperar que tot surti bé.

—No heu guardat una còpia abans d'introduir tots aquests canvis?

El rostre del Tyler es va tornar vermell per la frustració que li provocava l'absència de la versió original.

La tieta Amber va negar lentament amb el cap.

—La Pearl m'ha dit que no em molestés perquè no hi havia temps. Estàvem intentant salvar la pel·lícula després de la mort del Dirk.

—Per què volíeu fer una cosa així?

La vaig mirar fixament sense entendre.

—Volíem acabar la pel·lícula perquè tothom cobrés —va dir—. Hem pensat que serien unes poques escenes, així que ens ho hem inventat. L'argument és una mica diferent, però, en la meva opinió, és fins i tot millor que l'original.

—Mare meva.

Em vaig reclinar sobre l'espatller de la cadira i vaig mirar cap al sostre. Estava enfadada amb les meves tietes, però una mica commoguda alhora. Només intentàvem ajudar. No. Intentàvem ajudar-se a elles mateixes.

—No creus? —Ens va somriure dolçament—. Està preparada per estrenar-se i poder fer una bona taquilla.

—Ho heu fet sense preguntar a ningú?

Dubtava que les meves tietes volguessin ajudar desinteressadament. Totes dues volien el reconeixement i veien la pel·lícula com un mode perfecte per promocionar-se.

—No em parlava amb l'Steven, recordes? Ara és mort, així que de tota manera no pot donar-nos la seva opinió. Aquí ningú sembla voler prendre la iniciativa, així que hem decidit salvar la pel·lícula. I ho hem fer. No importa com.

—Importa. I molt. La pel·lícula original sense editar podria haver-nos ajudat a identificar l'assassí del Dirk. —No vaig dir res de l'assassí de l'Steven perquè no estava segura de si estaven relacionats. La personalitat de la tieta Amber a vegades era un gros inconvenient—. Ara que heu editat els vídeos és molt més difícil utilitzar-los com a proves.

—Només volia ajudar. —Una expressió d'incertesa li va creuar el rostre—. Només hem usat els nostres talents especials, la meva actuació i els efectes especials de la tieta Pearl. No volíem que el Bill ni ningú s'interposés al nostre camí, així que no ho vam dir a ningú. Se suposava que seria una sorpresa.

—Ha sigut una sorpresa.

Les escenes afegides haurien sigut còmiques de no ser per la gravetat de la situació. La tieta Amber tenia diverses aparicions estel·lars i escenes de plors que estaven totalment fora de lloc per a una pel·lícula d'acció, i hi havia almenys sis o set explosions i incendis en les imatges que havíem vist fins al moment, i només portàvem la meitat de la pel·lícula.

El Tyler va interrompre el vídeo i va congelar la imatge del tiroteig.

—Mira aquí, a l'esquerra. Es veu una mà i no pertany a cap dels actors.

Vaig mirar fixament la pantalla. La imatge estava tan borrosa que era difícil saber si pertanyia a un home o a una dona.

—No hi arma, però està en l'angle exacte des del qual es va produir el tir. Tant de bo poguéssim veure més.

Em vaig girar cap a la tieta Amber.

—Segur que no tens les imatges sense editar?

Va negar lentament amb el cap.

—Ho sento. Suposo que ens deixem portar massa. Encara puc usar-la per a audicions, no?

—Ho dubto. Crec que la pel·lícula a mig acabar pertany als hereus de l'Steven. No com les teves fotografies.

Això em va donar una idea. El fotògraf de la tieta Amber havia estat al set, just davant de la mà misteriosa.

—Ei, tens alguna foto d'avui?

—No, me les enviaran en un parell de dies.

—Necessitem aquelles fotos, tieta Amber. Pots trucar al fotògraf i dir-li que ens les enviï ja?

—No el trobo enlloc. He intentat trucar-li però no contesta. Es com si se l'hagués empassat la terra.

Em vaig girar cap al Tyler.

—Hem de localitzar el fotògraf de la tieta Amber de seguida. L'assassí podria haver estat darrere d'ella quan estava fent-se les fotos. Potser que surti de fons.

El Tyler va assentir.

—Amb tanta càmera per tot arreu costa creure que no hi hagi imatges de l'assassí del Dirk. I després de la mort de l'Steven les coses estan eixint-se de mare.

Era cert. Esperava veure el Brayden irrompre per la porta en qualsevol moment per acomiadar el Tyler. Em vaig girar cap a la tieta Amber.

—D'acord, vaig a veure si et puc aconseguir un advocat. En necessitaràs un de bo per a lliurar-te d'una doble acusació d'assassinat.

—Què? No. Vols al fotògraf? —va preguntar la tieta Amber—. Puc trobar-lo de seguida.

Vaig caminar cap a ella.

—Però si acabes de dir que no tenies ni idea d'on és.

—M'he recordat de sobte. Estic disposada a fer el que calgui per... per resoldre el cas.

Va mirar el Tyler, es va treure una targeta de la butxaca i li la va entregar.

—Vaig a intentar trucar. Cen, no deixes que vagi enlloc. Tornaré en un minut.

El vam veure anar-se'n i vam tancar la porta darrere d'ell.

—No pot retenir-me contra la meva voluntat, oi? —va protestar la tieta Amber—. Cooperaré, Cen. Potser que hagis de trucar l'advocat després de tot.

—Ara mateix no estàs tancada, per si no t'has adonat. I tu mateixa t'ho has buscat. No hauries d'haver confessat davant del Brayden. Saps que vol un culpable per sobre de tot, es conformarà amb qualsevol.

—Només intentava destensar l'ambient. Mira on he acabat. —La tieta Amber va parpellejar i es va eixugar una llàgrima inexistent—. Va ser una confessió falsa que vaig fer coaccionada.

—No pots dir aquest tipus de coses, tieta Amber. Dones mala imatge del Tyler. És probable que perdi la seva feina i no estàs fent res per facilitar-li les coses. L'únic mode d'arreglar-ho tot és resoldre els assassinats. On és el fotògraf?

La tieta Amber no va respondre i va fer mitja volta. Em vaig apropar per intentar veure què feia. Em donava l'esquena i movia els muscles i els braços mentre parlava a mitja veu.

*Troba les fotos i el seu autor,*
 *Porta'ls aquí amb lleugeresa i primor,*
 *Si us plau, fes que vingui el creador,*
 *Del passat, el present i el futur encoratjador.*

Vaig reconèixer immediatament l'encanteri bumerang, encara que jo mai havia intentat llençar-lo. Era un gran encanteri de nivell mitjà que estava per sobre de les meves possibilitats. També tenia greus conseqüències si no es feia correctament. Era un tipus d'encanteri que funcionava tant amb persones com amb objectes, per la qual cosa els errors podien ser importants. Era un encanteri delicat i poderós, ja que canviava tant el present com el futur.

No sabia per què la tieta Amber volia convocar el fotògraf a més de les fotografies, però potser que sigui el que es fa quan algú no sap la ubicació exacta d'un objecte. Si hagués parat atenció durant les classes, probablement ho sabria.

Vam esperar.

I esperar.

I no va passar res.

—Ha passat tant de temps que he perdut les meves habilitats. —Va ploriquejar amb el rostre entre les mans—. He invertit molt de temps en les classes d'actuació a expenses de la meva màgia. He oblidat els meus poders, tot per una carrera cinematogràfica condemnada al fracàs. Cen, què he fet?

Li vaig passar el braç pels muscles.

—No passa res, tieta Amber. Només tens un mal dia.

Encara que la veritat és que estava molt preocupada. La tieta Amber mai havia tingut problemes amb la màgia. Se li aixecaven els muscles mentre plorava descontroladament.

—Estic massa enfadada. Res em surt bé.

—Deixa que ho intenti.

Vaig suposar que qualsevol desastre que pogués provocar podria arreglar-lo la tieta Amber. Vaig repetir l'encanteri sense gaires esperances.

En pocs segons, una boirina es va aixecar des del sòl al nostre voltant. Va desaparèixer instants després i vaig fixar la mirada en un home alt, prim, d'ulls verds i cabells rossos amb prominents entrades. Era el fotògraf de la tieta Amber.

Vaig sentir el cor en la gola. Per què havia funcionat el meu encanteri i no el de la tieta Amber? Si no sabia quina havia sigut la diferència, com podria desfer-lo i tornar-lo a enviar d'on venia? I si no podia tornar les coses a normalitat?

—Què dimonis acaba de passar? —El fotògraf va mirar al seu voltant—. Com he arribat fins aquí?

—Tranquil —va dir la tieta Amber—. Només volem fer-li unes preguntes. I recuperar les seves fotos.

Ell va mirar cap avall, va veure la càmera i es va sorprendre de tindre-la penjada del coll.

—Un moment. He deixat la càmera a l'escriptori. Com ha arribat fins aquí? M'han segrestat? Què volen?

—Les fotos, ximple. Doni'ns la targeta de memòria i ningú acabarà ferit.

La tieta Amber va estendre la mà, va extraure la targeta de memòria i la va donar a la tieta Amber.

—Encara no entenc què està passant.

Va demanar silenci.

—Un minut.

—Tieta Amber! No pots...

La porta es va obrir de colp i va entrar el Tyler, vermell d'ira.

—D'on ha sortit? No pot usar la ma...

El Tyler sabia que érem bruixes, però no era conscient de quant podíem ajudar-lo.

Ni de quant ens necessitava.

# CAPÍTOL 25

*E*l Tyler es va passar la mà pel front.

—Açò cada vegada es posa pitjor. No pots arreglar les coses amb màgia. Només oculta la veritat. Ja no sé què és real ni que no.

Li vaig agafar la mà.

—Et prometo que m'asseguraré que les coses no se'n surtin de mare.

Encara que em preocupava que ja hagués passat. No tenia control sobre la meva família, sobretot pel que fa a la màgia, però el Tyler no havia de saber-ho.

—Crec que aquestes són les fotos que volia. —La tieta Amber va donar al Tyler la targeta de memòria—. Comprovi-les abans que el deixi marxar.

El fotògraf va examinar l'uniforme del Tyler.

—És poli de debò? On soc?

—Clar que és de veritat —va cridar la tieta Amber.

—És a Westwick Corners, estúpid. M'ha fet fotos, recorda?

—Recordo haver marxat aquesta tarda. —Va arrufar el front—. Açò no és part de la pel·lícula, oi?

Ningú va respondre.

—Què dimonis m'està passant? —Va començar a sentir una suor freda—. Necessito un advocat?

—No, pot marxar quan vulgui.

Va intentar dirigir-se cap a la porta, però els peus se li van quedar pegats a terra. Es va ajupir per llevar-se les sabates, però així i tot no va poder marxar.

—Alguna cosa va malament. Per què no em puc moure?

—Faci com diu, Amber. Enviï'l a casa —va ordenar el Tyler amb la mirada.

—I si no estan totes les fotos? Hauria de tornar-lo a invocar.

—Fes cas al Tyler, tieta Amber.

De sobte vaig recordar que havia estat jo qui havia fet l'encanteri. Probablement, la tieta Amber no podria tornar-lo encara que volgués.

—Suposo que hauré de fer-ho jo.

Ho vaig intentar diverses vegades, però no va passar res.

La tieta Amber també ho va intentar.

Res.

—Quan podré marxar?

La impaciència del fotògraf s'havia transformat en por. Es va tocar l'anell de matrimoni mentre una suor freda començava a mullar-li el front. Semblava a punt de patir un atac de pànic. Havíem de treure'l ràpid d'allà.

—Relaxi's.

La tieta Amber va moure la mà i va murmurar alguna cosa en veu baixa.

Els peus del fotògraf es van alliberar de colp, va perdre l'equilibri i va caure a terra. Va mirar al seu voltant amb nerviosisme abans de posar-se de peu.

—El portarem a casa en moment. —La tieta Amber es va dirigir al Tyler en busca d'aprovació—. He de portar-lo a Shady Creek jo mateixa.

—Hem de deixar-la anar —vaig dir—. No hi ha altre mode de tornar-lo sense involucrar altres persones.

Si algú més el veiés, també podria alterar els seus destins presents i futurs.

Provar amb un nou encanteri per resoldre el problema estava més enllà de les meves capacitats, almenys de moment i també de les de la tieta Amber. Gràcies a déu, el fotògraf estava a Shady Creek i no més lluny.

—Bé, d'acord. Ràpid i que no la vegi ningú.

El Tyler ja havia copiat les fotos de la targeta en portàtil. Va examinar totes i cadascuna d'elles, arrufant els ulls davant de la pantalla. Ja que les fotos eren de la tieta Amber, estava enfocada la seva cara i no el fons, però el set darrere d'ella era clarament visible.

Els nostres esforços per aconseguir les fotos ja havien valgut la pena. Vaig assenyalar la pantalla.

—Mira aquella finestra a l'altra banda del carrer. Hi ha algú. Es pot ampliar?

El Tyler i jo vam veure com la tieta Amber i el fotògraf marxaven abans de connectar el monitor gran i projectar la imatge en la pantalla de la paret.

La imatge estava granulada, però definitivament hi havia algú en una de les finestres. Qui fos, tenia un angle perfecte per disparar al Dirk Diamond. Des d'aquella distància era impossible determinar si era un home o una dona.

Tanmateix, una cosa era certa. La persona misteriosa no era part del guió. El local portava un any tancat, les finestres havien sigut tapiades amb fusta contraxapada molt abans del rodatge de la pel·lícula. Només les havien retirat per filmar. No deuria haver ningú en aquell edifici. No era part del guió i estava desocupat i tancat.

Ens va portar un temps endevinar quina part del guió estava rodant-se a l'hora exacta en què s'havia pres cada foto, però poc a poc vam construir un eix cronològic amb el tot el que es desenvolupava al fons de les fotografies de la tieta Amber. El Tyler va clicar cada imatge en ordre fins que vam arribar al moment just abans que el Dirk fos disparat.

Però en aquell moment no hi havia ningú a l'edifici. La misteriosa silueta s'havia esvaït.

Començava a dubtar que trobéssim alguna cosa. No hi havia vidres trencats ni portes o finestres obertes. Potser la figura fos només una aparició o un producte de la nostra imaginació.

Aleshores ho vaig veure. Vaig saltar del seient i vaig assenyalar la pantalla.

—És un home. Ara és al sostre.

Això explicava per què no apareixia a les imatges, ja que el sostre quedava fora de plànol.

El Tyler es va aixecar d'un bot.

—Has sentit alguna vegada allò «d'una imatge val més que mil paraules»? Aquesta podria valer un milió de dòlars.

Només hi havia un problema. L'home no tenia cap arma en la mà. Era obvi que no teníem totes les fotografies. Esperava amb totes les meves forces que el fotògraf tingués una segona targeta de memòria.

Havíem de resoldre el trencaclosques abans que el destí del Tyler fos segellat.

# CAPÍTOL 26

*H*avien passat més de tres hores. Era més de mitjanit i la tieta Amber encara no havia tornat. Estava preocupada perquè la tieta Amber sempre havia sigut molt ràpida conduint i Shady Creek estava a només una hora. Encara que s'havia vist obligada a conduit per portar el fotògraf, podia haver usat la màgia per al camí de tornada.

Tanmateix, encara no havia tornat.

—Potser pugui aconseguir la segona targeta de memòria sense haver de tornar a transportar-lo. —Estava prou segura que l'encanteri no funcionaria una segona vegada—. Intentaré comunicar-me amb ella.

El seu mòbil em va desviar a la bústia de veu. Volia que em truqués, però els meus poders telepàtics eren patètics. Estava prou desanimada. Fins i tot vaig considerar demanar ajuda a la tieta Pearl i a la mare.

El Tyler es toquejava el rellotge.

—Prompte es farà de dia. No crec que el Brayden esperi més, sobretot amb tota aquesta gent allà fora. Tan de bo tinguéssim més respostes.

Caminava d'un costat a l'altre.

Vaig contenir l'alè.

—Provaré l'encanteri una vegada més. Potser que no ho fes bé la primera vegada.

—Val la pena intentar-ho —va comentar el Tyler—. Però què estic dient? Suposo que estic tan desesperat que estic d'acord amb tu.

—Allà vaig.

Això va fer que volgués esforçar-me encara més. Vaig respirar fons i vaig repetir l'encanteri del bumerang. Els meus poders eren prou imprevisibles, pel que no esperava que funcionés una segona vegada. Però en aquell moment, podíem perdre-ho tot si no fèiem alguna cosa ràpidament.

Vaig visualitzar una pila de fotografies i un fum de targetes de memòria quan vaig repetir l'encanteri. Si alguna vegada m'havia entregat a la màgia, era aquella. No veia com podia empitjorar les coses. No era exactament fer trampes, ja que aconseguiria les fotos tard o d'hora. Només estava accelerant el procés.

Em vaig sobresaltar quan alguna cosa va estellar darrere de mi. El soroll semblava una mescla entre crispetes i el crepitar del foc, tret que cada vegada es tornava més ràpid i fort fins que va ser un *crescendo* de soroll.

Una glopada de fum d'un verd grisós ens va envoltar. A penes podia veure el Tyler a l'altra banda de la taula.

—Apa. —El Tyler va tossir mentre el fum es dissipava—. Ha sigut espectacular.

—I també efectiu.

Em vaig mirar el palmell de la mà i vaig trobar una altra targeta de memòria i una dotzena de fotografies. No estava segura de si havia tingut sort, però aquella vegada no hi havia ni fotògraf ni tieta Amber.

La foto superior mostrava l'Amber asseguda i el set per darrere, com les que havíem vist a l'altra targeta. La foto següent semblava haver estat presa segons després. Semblaven ser una seqüència. El marc de temps era paral·lel als anteriors, encara que semblaven haver sigut rebutjades per una exposició deficient, composició o altres motius. Potser per això estaven separades de la primera pila. Totes aquestes fotos tenien alguna cosa dolenta.

Però una d'elles era perfecta perquè l'individu del sostre era clarament visible.

Era un home, amb el rostre cobert amb una dessuadora amb caputxa i una bufanda sobre el nas i la boca. No importava quant ampliéssim la fotografia, era impossible descobrir-ne la identitat.

El Tyler es va inclinar sobre la taula i va fixar la vista en la imatge.

—Tan de bo el pogués reconèixer, però no.

Quan em vaig posar al seu costat alguna cosa em va cridar l'atenció.

—Mira-li la mà. He vist aquest anell abans.

Era un anell de segell negre. No era capaç de distingir-ne el gravat, però em resultava molt familiar, encara que no recordava on l'havia vist.

Vaig desitjar recordar-me amb totes les meves forces.

El Tyler va assentir.

—Llàstima no poder veure més detalls, perquè aquesta persona no té cap raó per ser allà. Tots els actors estan contats.

Vaig tornar a fixar-me en la mà al cantó de la fotografia, però encara era un misteri.

—Si no s'ha tret l'anell trobarem el portador —va dir el Tyler—. Podries comprovar tots els que s'allotgen a l'hostal, per començar.

Aquella era la part bona de viure en un poblet com Westwick Corners. Hi havia pocs llocs on menjar i beure. Tard o d'hora tots passaven pel menjador de l'hostal o per Embruix.

Vaig mirar l'hora. Eren les tres del matí, però tenint en compte els esdeveniments del dia, era possible que encara quedessin alguns clients.

—Vaig de seguida.

—Una cosa més —va dir el Tyler relliscant una carpeta sobre la taula—. Tinc més males notícies. L'Steven Scarabelli tenia una pòlissa d'un milió de dòlars sobre el Dirk Diamond, tal i com va dir el Bill. També en tenia una per a la seva dona, la Rose Lamont.

—No és tan estrany, oi? Al cap i a la fi la Rose i el Dirk eren les majors estrelles de l'Steven Scarabelli. Si els passés alguna cosa, una pòlissa de segur evitaria un desastre financer. Molts empresaris ho fan. D'aquest mode, l'Steven sempre podria pagar l'elenc i l'equip.

—No passarà a curt termini. Els diners aniran primer als hereus de l'Steven. Suposo que els actors hauran de fer una demanda perquè els paguin. Has de saber una cosa, Cen.

—Què?

Mai hauria sospitat que el Tyler m'estigués amagant alguna cosa.

—Tenim tres morts si contem l'aneurisma de la Rose Lamont.

Vaig panteixar.

—Creus que la mort de la Rose podria deure's a alguna altra cosa?

—No ho sé, Cen. Però la casualitat és sospitosa. Dos cònjuges moren amb una setmana de diferència, i no tenen fills. La Rose només tenia trenta anys. Estadísticament, és molt poc comú.

—Això és cert —vaig coincidir—. La Rose i el Dirk eren grans estrelles. Em pregunto qui heretarà la seva fortuna.

—Jo també m'ho pregunto. —El Tyler va tocar la carpeta d'arxius —. Ho he comprovat i no ho endevinaries ni en un milió d'anys.

—Qui?

—L'Amber West. Sembla que, al cap i a la fi, era gran amiga del Dirk.

Vaig sentir que desmaiava.

—Com és possible? El Dirk i la seva esposa li deixen la seva fortuna i així i tot el Dirk volia que la fessin fora de la pel·lícula?

El Tyler va arronsar les espatlles.

—Potser sigui bona amiga, però mala actriu.

—Mai he mencionat cap herència.

Potser que, després de tot, no hagués exagerat sobre la seva amistat. Però, fins al moment de la pel·lícula, mai havia parlat del Dirk Diamond. Tanmateix, semblava que eren tan propers que l'havia designat beneficiària del seu segur de vida. Era com si tingués una vida secreta al marge de la família.

—Potser que no ho sabés.

—O potser que això expliqui perquè triga tant en tornar. Potser hagi decidit no tornar després de tot. —El Tyler caminava nerviosament d'un costat a un altre—. Sap que haurà de respondre a moltes preguntes.

—No pot ser. —Vaig arrufar el front—. Mai deixaria enrere la seva família. A més, ha de cobrar els diners de veritat, oi?

—Sí, però ho pot fer per mitjà d'advocats i aquestes coses —va dir el Tyler—. No l'estic acusant, només comento el que és obvi. Si és cert, qualsevol pot veure que ha tret partit de la mort del Dirk. Quina era exactament la seva relació? Quant feia que es coneixien?

Vaig aixecar les mans en senyal de derrota.

—Ni idea. He descobert avui mateix que els coneixia. Mai havia parlat d'ells abans, però sembla que són amics de tota la vida. Sempre he sabut que li agradava ser el centre d'atenció, però no tenia ni idea que volgués actuar. Ni que hagués sigut el colp de sort del Dirk.

Vaig suposar que en el fons no coneixia la meva tieta.

—Potser que l'Amber no sigui tan afortunada —va dir el Tyler—. Encara ha de viure prou per cobrar.

# CAPÍTOL 27

*F*inalment vaig deixar el Tyler en la sala d'interrogatoris després d'estar una bona estona esperant que tornés la tieta Amber. Però a mesura que passaven les hores i tornava, augmentava la meva preocupació. Si realment era l'hereva de la fortuna del Dirk, el seu cap tenia un preu.

Vaig sortir al vestíbul en l'obscuritat i vaig xocar amb una força invisible. Amb el pit d'un home, per ser exactes. Se'm va accelerar el pols quan els seus braços es van tancar al meu voltant.

—Deixa'm anar! —vaig cridar tractant de girar-me, però no va servir de res. No podia soltar-me.

—Tranquil·la! Per què reacciones així? Només intento evitar que caiguis!

Va afluixar els braços i va fer un pas enrere. L'alè li feia olor a alcohol.

Vaig reconèixer la veu i la manera de parlar èbria del Rick Mazure.

—Com ha arribat fins aquí?

Podia ser que la tieta Amber s'hagués deixat la porta oberta quan va sortir ràpidament.

—He convençut el vigilant de seguretat perquè em deixés passar.

He de parlar urgentment amb el xèrif Gates. És aquí? He de dir-li una cosa.

Vaig sospirar i em vaig sentir comuna idiota.

—Se li ha acudit una altra cosa des que s'han reunit abans? És una cosa nova?

—No exactament. —El Rick va baixar la mirada a les seves sabates, visiblement incòmode—. Tinc un conflicte amb aquesta situació. M'agrada l'Steven Scarabelli, però...

La porta es va obrir. El Tyler era al llindar.

—Què ha dit de l'Scarabelli?

El Rick va arrufar el front.

—És confidencial. No deuríem parlar al seu despatx?

—En realitat, ja marxava. —El Tyler va ficar la clau en el pany i la va girar—. Pot venir amb mi.

—Però no crec que... —el Rick em va mirar, inquiet.

—El que hagi de dir ho pot dir davant de la Cendrine. M'ajuda amb la investigació.

El Rick va semblar alarmar-se i em va mirar fixament.

—És normal? No és detectiu ni res.

—M'és de gran ajuda —va dir el Tyler—. L'he anomenada la meva ajudant.

No havia fet tal cosa, però sabia que el Tyler volia que fos testimoni de les declaracions del Rick. No només això, sinó que, si el Tyler esperava fins al matí, era possible que el Rick canviés d'opinió i no volgués parlar.

El Rick va mirar a un costat i l'altre del vestíbul per assegurar-se que no hi havia ningú més.

—No és cap secret que el Dirk havia fet un tracte amb l'Scarabelli en el qual sortia guanyant. Les demandes constants del Dirk ens enfadaven a tots. L'Scarabelli va tenir molta paciència amb ell, però suposo que va arribar un punt on ja no podia suportar-lo.

—L'Steven va confiar en vostè?

Vaig sentir nàusees a l'estómac. Més proves apuntant l'Steven Scarabelli. En aquell moment el Brayden ja devia saber que el Tyler l'havia alliberat. Que el seu cadàver fos a l'hostal n'era una prova. Alliberar un assassí podia ser la seva sentència de mort, per dir-ho d'algun mode. Encara amb l'Steven mort, el Brayden acusaria el Tyler de ser un incompetent o alguna cosa pitjor. Em vaig estremir.

—No és que l'Steven m'ho digués exactament. Vull dir, no literalment. —El Rick es va mossegar el llavi—. Però ahir va dir que ja n'havia tingut prou i que s'asseguraria que el Dirk no participés en cap altra pel·lícula mentre ell visqués.

—Hi ha molts modes d'interpretar això que no impliquen una amenaça de mort —va dir el Tyler—. És possible que l'Steven ja no volgués treballar amb ell. I no crec que ningú a Hollywood volgués fer-ho.

El Rick va riure.

—La gent aguantaria qualsevol cosa a canvi de la quantitat necessària de diners. Fins i tot el Dirk Diamond no sembla tan dolent quan hi ha milions de per mig.

—Està dient que l'Steven Scarabelli va matar el Dirk Diamond?

L'Steven no em semblava cap assassí. Pràcticament tots els membres del repartiment i l'equip havien insistit en l'amabilitat i sinceritat que el caracteritzava, i en que farien qualsevol cosa per ajudar els altres. Fins i tot havia ajudat el Dirk, malgrat els abusos que havia rebut a canvi.

El Rick va arronsar les espatlles.

—No pot culpar-lo, el Dirk s'ho mereixia.

El Tyler va arrufar el front.

—Tens proves que confirmin les teves sospites?

—Vaig escoltar l'Steven i l'Amber discutint. L'Amber va afirmar que heretaria la fortuna del Dirk i es negava a compartir-la amb l'Steven. Em va sorprendre descobrir que l'Amber era beneficiària de l'herència del Dirk. Després de pensar-ho bé, he arribat a la conclusió que era una cosa suficientment important per mencionar-la —va dir el Rick—. Lamento no haver dit res abans.

Vaig recordar la seva anterior conversa. L'afirmació del Rick estava relacionada amb el comentari del Tyler. Van parlar d'alguna cosa més a banda del comiat de la tieta Amber?

—Què ha dit exactament?

El Tyler va anotar algunes coses a la llibreta.

El Rick va mirar furtivament d'un costat a un altre del vestíbul buit.

—No podem...?

El Tyler va negar amb el cap.

—Com més prompte m'ho digui, millor.

El Rick va sospirar.

—D'acord. L'Steven s'havia ficat en una encreuada i estava desesperat. Tenia problemes amb els inversors que recolzaven la pel·lícula. Quan el Dirk va rebutjar, l'Steven encara havia de pagar l'equip, i no tenia res. Els inversors havien perdut els seus diners i no estaven gens contents. L'Steven havia de trobar un mode d'aconseguir els diners ràpidament.

De sobte vaig recordar l'anell. Vaig fer una ullada a les mans del Dirk, però tenia els dits d'ambdues mans buits.

—No sabia si vindre perquè l'Steven és amic meu —va dir el Rick—. Però aleshores l'Steven va dir que mataria el Dirk. Al principi no m'ho vaig prendre seriosament, però va començar a fer tot tipus de preguntes sobre les armes que apareixien en la trama i aquestes coses. Fins a aquest moment no he unit totes les peces del trencaclosques.

—Creu que l'Steven va introduir una arma carregada?

El Tyler va tancar els ulls.

—En vista del que va passar, segur que sí. Sé que l'Steven estava desesperat, però vaig pensar que era tot xerrameca. Que simplement deixaria de fer pel·lícules amb el Dirk o alguna cosa així. Fins que... bé, mai havia pensat que pogués arribar a matar algú. Suposo que al final el Dirk el va obligar a fer-ho.

Em vaig adonar que l'Steven no podia confirmar ni negar les declaracions del Rick una vegada mort. Però tot semblava encaixar.

Excepte pel misteriós individu de la teulada, que era clarament molt més petit i prim que l'Steven Scarabelli.

—Està donant les coses per fetes —va dir el Tyler—. Però ho investigarem.

—No dono res per fet, xèrif Gates. L'Steven va complir la seva amenaça.

—I per què no ha dit res abans? —va preguntar el Tyler.

—No ho sé... potser vaig pensar que el Dirk s'ho mereixia. La veritat és que era un paio molt cruel i si algú mereixia acabar així, era ell. Li va fer la vida impossible a l'Steven. Però ningú mereix morir.

—No —vaig dir en veu baixa—. No importa com de malament tracti als altres.

Ningú mereix ser tampoc un boc expiatori, sobretot quan s'està convenientment mort.

A vegades la vida era molt injusta. I pel que semblava, la mort també.

# CAPÍTOL 28

*E*ls abans replets carrers que rodejaven l'ajuntament estaven ara a obscures i deserts, el contrast era impressionant. El Tyler havia tornat al seu despatx per comprovar la informació proporcionada pel Rick. Jo anava sola, els meus talons ressonaven contra el carrer buit mentre pensava el que havia dit el Rick. Havia oblidat preguntar si havia algú més prop que hagués escoltat la discussió de l'Steven i l'Amber.

El temps que vaig trigar en arribar al cotxe que estava a només dos pomes em va semblar una eternitat. Havia aparcat una mica lluny perquè no fos tan obvi per al Brayden que estava en la comissaria amb el Tyler. No esperava que tornés al seu despatx a aquelles hores, però no podia estar-ne segura. L'últim que volia era fer-lo enfadar. Això només empitjoraria les coses per al Tyler.

Vaig accelerar el pas quan vaig veure el meu vell Honda esperant sota l'única farola del carrer, trist i sol.

Vaig deixar caure la borsa al seient del passatger, vaig seure i vaig encendre el motor. Vaig sortir de l'aparcament i vaig trepitjar l'accelerador sabent que no em detindrien per excés de velocitat. Vaig travessar el poble i em va alleujar veure que els fans del Dirk havien abandonat el seu lloc per la nit. Vaig pujar el camí del turó fins a l'hostal.

Probablement fos massa tard, però volia comprovar les mans de tots mentre encara estaven al menjador o a Embruix. Potser que alguns ja haguessin abandonat el poble pensant que la pel·lícula no continuaria. Altres s'haurien retirat a les seves habitacions per passar la nit. Encara que probablement podria agafar-ne alguns.

Vaig aparcar el cotxe i vaig córrer pel camí cap a Embruix. La música i les veus que s'escoltaven des de fora em van indicar que encara estava ple.

Vaig veure l'Arianne en primer lloc. Estava asseguda en la barra junt al Rick Mazure, que hauria arribat al bar uns minuts abans que jo. Vaig accelerar el pas i em vaig apropar a ells. Em vaig aturar de sobte. Alguna cosa em va dir que retrocedís.

Vaig saludar amb el cap el Rick i l'Arianne i vaig seure en un tamboret buit a poca distància del Rick. Vaig somriure a la tieta Pearl, que estava atenent la barra. Em va tornar la salutació i va fer mitja volta. Una fracció de segon després, sense dir cap paraula, em va posar una copa de vi tint davant. Estava estranyament callada quan es va retirar a l'altre extrem de la barra per servir cerveses a un parell de locals.

Malgrat l'alt volum de la música *country*, sabia que el Rick tornava a estar més borratxo que una cuba. Va semblar esclarir-se una mica a l'ajuntament, però en un quart d'hora havia tornat al seu estat anterior. Potser fos comprensible, ja que de sobte s'havia quedat sense feina. O potser la tieta Pearl hagués tornat als seus vells trucs. Vaig posar l'orella per escoltar la conversa.

—Què estava dient? —El Rick parlava arrossegant les paraules, va agafar la seva copa i va buidar el whisky que quedava d'un glop.

—M'estaves dient com anaves a convertir-te en estrella.

L'Arianne Duval li va donar voltes a la canyeta per moure el còctel. Sonava una mica sarcàstica, com si no cregués el que el Rick estava contant.

—Estrella? Seràs la constel·lació sencera. —Va agafar la mà a l'Arianne—. Tinc una idea per a una sèrie, però en aquet moment és *top secret.*

Em vaig preguntar si seria el mateix guió que el Rick havia estat ensenyant abans al Dirk. L'Arianne Duval va aixecar la mà per moure la beguda.

—De què va?

Li vaig mirar les mans atentament. Malgrat que portava anells en totes dues, eren molt més delicats que el de la foto. I eren d'or, no de plata.

El Rick es va inclinar cap a ella.

—Una noia passant una mala ratxa és descoberta en una farmàcia. Ets perfecta per al paper.

—Ambientada en Hollywood? —L'Arianne no va esperar cap resposta—. És conya, oi? Ja s'ha fet.

—Tot està fet ja, Arianne. És una fórmula i sé com treballar amb ella. Per això el Dirk va tenir tant èxit. Els meus guions el van fer brillar. Et faré famosa a tu també.

—Ja soc famosa. Necessito alguna cosa millor.

—Apropa't a mi i t'asseguro que trepitjaràs el ciment del passeig de la fama de Hollywood i els fans s'amuntonaran per trepitjar sobre les teves petjades.

L'Arianne va girar els ulls en blanc.

—Crec que ho tens una mica cregut.

—Mira, sé com escriure un èxit. De fet, ja està escrit. —El Rick va aixecar el got perquè li'l tornessin a omplir—. No tens res més entre mans. Vols o no?

L'Arianne es va quedar en silenci durant un instant mentre bevia del seu còctel.

—Potser.

—Jo no esperaria massa si fos tu. La Kim m'està buscant més estrelles amb talent, tal i com li vaig dir.

—D'acord, li faré una ullada al guió. —L'Arianne es va acabar la resta de la beguda—. Què tinc a perdre?

—Estàs dins. —El Dirk li va estendre la mà—. Fem una encaixada.

L'Arianne li va donar la mà i el Rick va treure una pila de papers de la jaqueta i el va posar davant d'ella.

—Aquest guió és només per als teus ulls. Promet-me que no desvelaràs ni una paraula d'açò.

L'Arianne va assentir.

—Bé —va dir—. Tindré un contracte redactat per a tu demà de matí. Quasi puc imprimir diners amb els meus guions. Tots lamentaran no haver-me pres més seriosament.

Tenia el pressentiment que alguns ja ho feien.

# CAPÍTOL 29

*L*a tieta Pearl em va cridar l'atenció amb un gest de mà des de l'altre extrem de la barra. Em vaig aixecar del meu seient i em vaig dirigir a ella amb la copa de vi en la mà. Vaig seure en un tamboret junt a la Kim Antonelli. Ella em va mirar i jo vaig baixar la mirada fins a les seves mans, una de les quals subjectava una beguda.

No hi havia anells.

La Kim va deixar la seva copa de margarita a la barra, derramant gotes de líquid verd.

—No és just. El Dirk Diamond era el meu únic client. Va monopolitzar tot el meu temps fins que vaig abandonar tots els altres. Ara ha marxat i m'he quedat a zero. Bàsicament no tinc feina.

La seva llauna semblava més un teatre que una altra cosa. Pronunciava les paraules, però no semblava haver-hi emoció darrere d'elles.

—Hauria d'haver diversificat- —La tieta Pearl li va posar un rodal davant seguit d'un got d'aigua freda—. Tindre un sol client és la recepta del desastre.

—Podria ficar-se en els seus propis assumptes —va respondre.

Almenys la seva ira cap a la tieta Pearl semblava genuïna.

Vaig mirar malament la tieta Pearl abans de dirigir-me cap a la Kim

—Qui creu que va matar el Dirk?

La Kim va aixecar les mans.

—Qui sap? Tots, i quan dic tots em refereixo a tots, l'odiaven. Fins i tot la seva esposa Rose. Volia el divorci, però ell va prometre que faria que se'n penedís. Si va morir va ser perquè ell la va matar.

Vaig panteixar.

—Creu que el Dirk va matar la Rose?

—Sé que ho va fer —va dir la Kim—. No volia perdre més diners en un divorci. Ho va dir tal qual. Va dir que el seu matrimoni només acabaria si un dels dos moria.

Vaig fer un gest a la tieta Pearl perquè portés una altra ronda a la Kim. Havia de fer que seguís parlant.

—Suposo que va obtenir el que volia. Almenys durant un temps.

Vaig recordar que el Tyler havia dit que la tieta Amber era l'única hereva.

—El Dirk tenia testament?

La Kim va assentir però no va donar més detalls.

Em vaig beure l'aigua de colp i el fred em va calmar la gola resseca.

—Qui hereta?

La Kim va mirar al seu voltant i va baixar la veu.

—Jo.

Em vaig ennuegar amb l'aigua i la vaig escopir per tota la barra amb el líquid verd. L'afirmació de la Kim no encaixava amb el que m'havia contat el Tyler.

—Ho hereta tot?

La Kim va arrufar el front.

—És el que em va dir l'advocat del Dirk quan li vaig trucar. Pel que sembla, les propietats de la Rose van anar a parar al Dirk, però quan ella va morir, jo ho vaig heretar tot.

Em va sorprendre una mica que la Kim ja hagués trucat al seu advocat. I que l'advocat li ho hagués dit. Però potser els agents de Hollywood gestionaven els assumptes personals per a grans estrelles com el Dirk.

La tieta Pearl va arribar amb un drap i va netejar l'estropell. Va agafar el got de la Kim i el va reemplaçar per una nova copa de margarita. La Kim en va buidar mitja d'un glop.

Potser la Kim i el Dirk tenien una relació més enllà de la professional.

—Li va sorprendre el testament.

Em semblava estrany que hagués heretat milions i així i tot es preocupés per perdre la feina.

—Una mica. Vaig pensar que potser ho havia fet com una cosa temporal quan la Rose va demanar el divorci, però l'advocat va dir que no, que el Dirk ho havia canviat tot sense consultar. Era típic del Dirk, però així i tot em sorprèn que em deixés la seva fortuna. Sé què penses, però el Dirk i jo teníem una relació estrictament professional. Pregunta als altres. Qui sap per què m'ho ha deixat tot a mi? El Dirk feia coses així tot el temps. Jo només treballava per a ell.

—La Rose li va demanar el divorci?

Si això era cert potser que la seva mort no fos accidental. El Dirk tenia un important motiu per matar-la. Tanmateix, tant la seva mort com el seu procés de divorci no havien estat compartits als mitjans de comunicació. Tota la informació em donava voltes al cap. Algú, o potser tots, mentien. Tant el Rick com el Tyler creien que l'Amber era l'hereva del Dirk. Però la Kim afirmava una altra cosa. Quantes vegades havia canviat el Dirk el seu testament?

El Dirk probablement hauria contat amb la lleialtat de la Kim per un altre motiu. O potser sabia que podia controlar-la. Cap advocat decent aconsellaria a un client un tracte així, per la qual cosa, naturalment, hauria volgut canviar el testament en secret. Mai hauria esperat morir durant aquell tripijoc temporal.

—Qui sabia que el Dirk havia canviat el seu testament? —vaig preguntar.

La Kim va arronsar les espatlles.

—Ni idea. Jo mateixa no ho sabia. Potser que només ho sabés el Dirk. Era molt reservat sobre certes coses.

Totes dues ens vam sobresaltar quan alguna cosa es va trencar darrere de la barra. Una prestatgeria s'havia enfonsat fent caure costoses ampolles de licor a terra.

—Ups! —La tieta Pearl va examinar els danys, però semblava sospitosament alegre—. Ho arreglo en un tres i no res.

Vaig aixecar la mà tement que no tramés res de bo.

—No aniràs a...

Però la tieta Pearl ja estava xiuxiuejant un encanteri de retrocés.

—U, dos, tres...

La Kim no va semblar notar-ho. No és que importés. Un encanteri de retrocés esborraria la memòria recent de la Kim i ho deixaria tot com uns instants abans. La història es repetiria a mesura que es tornessin a viure els moments esborrats.

Estava molesta amb la tieta Pearl perquè estava fent veritables progressos amb la Kim. Detestava haver d'interrogar-la de nou. Era malgastar un temps valuosíssim i no podíem permetre'ns cap retard. Però vaig començar de nou fins a arribar al mateix punt de la conversa.

—Kim, tenia alguna cosa amb el Dirk?

La vaig observar atentament, buscant matisos en la seva expressió o llenguatge corporal.

—Què? No! És molt vell! Sé que és una estrella i tot això, però em duplicava l'edat. A més, mai robaria el marit a una altra dona.

La veu de la Kim va augmentar de volum. L'encanteri de retrocés havia rebobinat la història, però no havia restaurat la seva sobrietat.

—Però li ha deixat totes les riqueses...

—Ja, això... —Li va treure importància amb un gest de mà—. Segur que no arribarà a mi. Estic segura que era una cosa temporal fins a descobrir què fer a continuació. Després de la mort de la Rose, va decidir donar els seus diners a la caritat, però no sabia a quina organització. Així que ho va posar al meu nom fins a elegir-ne una. Hi haurà discussió, n'estic segura.

Encara més informació aquesta segona vegada. La seva resposta havia canviat subtilment abans i després de l'encanteri de retrocés de la tieta Pearl. El que significava que la primera vegada mentia.

—I si ocorria alguna cosa mentre ho arreglava tot... vostè podria heretar milions. —Si de debò la Kim estava darrere de la mort del Dirk, havia tingut poc temps per executar-lo—. Si és així, vostè ho vas fer.

—M'està acusant de matar el Dirk? No m'ho puc creure. —La Kim va passar el dit per la copa de margarita i es va xuplar la sal del dit. Es va llepar els llavis—. Soc la darrera persona que hauria fet una cosa així. Al cap i a la fi, era l'única persona en qui confiava.

—Éreu amics?

—Bé, el més semblant a amics, ja que el Dirk no en tenia cap. Soc l'única en qui confiava. Sabia coses sobre ell que fins i tot la seva dona desconeixia.

—Com quines?

Fos el que fos per a ell, no semblava lamentar la seva partida. Vaig suposar que la promesa dels diners alleujava el dolor.

La Kim es va detenir durant uns segons pensant què dir.

—El Dirk planejava obrir la seva pròpia productora, crear les seves pel·lícules i deixar de treballar amb l'Steven. Per això li ho posava tan difícil i volia deixar-ho. Ho va ajornar el màxim temps possible perquè no volia que la pel·lícula de l'Steven competís amb la pel·lícula que estava a punt de fer la seva nova productora.

—Deixa'm endevinar, un altre thriller d'acció?

Vaig recordar les sospites del Rick Mazure sobre l'Steven Scarabelli. Potser tingués alguna cosa a veure.

—Sí.

La Kim es va recolzar en el tamboret i quasi va perdre l'equilibri abans d'agafar-se a la barra per estabilitzar-se.

Independentment dels sentiments de tots cap al Dirk, la seva mort havia provocat un desig universal per emborratxar-se.

—Algú més sap allò de la nova productora del Dirk?

Una vegada més, les proves apuntaven a l'Steven, en cas que estigués al tant de la traïció del Dirk.

La Kim va arronsar les espatlles.

—Ho dubto. El Dirk volia mantenir-ho en secret fins tindre-ho tot preparat.

—Una pena que no visqués prou per dur-ho a terme —va dir—. Tal volta li hagués anat bé.

—No entenc que té a veure això amb les seves morts.

La Kim semblava ofesa. Com hereva dels milions del Dirk, no diria res que pogués incriminar-la.

—I si algú ho sabia? —Dubtava que fos una coincidència—. El Dirk marxa i un gran grup de gent es queda sense feina. El Dirk tenia molts enemics. Potser que algú el volgués matar. Se li acut algú que pogués fer-ho?

—No volia dir-ho, però sí que hi ha algú. —La Kim va baixar la veu —. L'Amber West l'havia amenaçat. Semblava pensar que ell li devia favors o alguna cosa. Sempre tenia rabietes quan no aconseguia el que volia. Aquella dona és una càrrega.

Vaig amagar la meva sorpresa tan bé com vaig poder. Volia que la Kim continués parlant, però em dolia escoltar-la culpar altres persones, sobretot si es tractava de la meva tieta. Si havia de jutjar pels seus comentaris, no tenia ni idea que era la meva tieta ni que era germana de la tieta Pearl.

Aquesta última es va apropar i va netejar la barra amb un drap.

—L'Amber només està entusiasmada amb la seva feina. Té molt de talent com a actriu.

Vaig arrufar el front cap a la tieta Pearl. Els seus exagerats comentaris captarien l'atenció de la Kim.

La Kim va assentir i es va girar cap a nosaltres.

—Com més ho penso més segura estic de que ho ha fet l'Amber. Aquella dona té un temperament boig. Sembla una dolça velleta, però en el fons és molt cruel.

Tots semblaven apuntar a la tieta Amber, però era impossible. No va tindre temps per matar el Dirk, i semblava sorpresa de veritat quan vam descobrir el cos de l'Steven a la seva habitació. No podia ser veritat, però així i tot em preocupava. L'Amber havia admès que estava dalt quan van matar l'Steven.

No recordava si la Kim estava al menjador durant la falsa confessió de la tieta Amber, però podia haver-ho estat. O podia haver-se'n assabentat per una altra persona.

—A veure que m'aclareixi, creu que el Dirk va matar la Rose i l'Amber va matar el Dirk? Per quina raó?

Sobretot tenint en compte que era la Kim qui es quedava l'herència, vaig voler afegir.

—Qui sap? L'Amber és una vella tarada. Faria qualsevol cosa per aconseguir el que vol.

—L'Amber no és vella! —va cridar la tieta Pearl amb el rostre vermell.

La tieta Pearl era la major de les tres germanes, uns anys major que l'Amber. Si l'Amber era vella, ella ho era encara més.

La Kim va arrufar el front.

—Clar que sí... en tindrà com a mínim setanta. Suposo que hi ha gent que no es tranquil·litza amb l'edat. Sabies que li va tirar una cadira a l'Steven? Era tan cruel amb ell i així i tot la va mantenir com a extra. Aquest és el tipus de persona que era l'Steven. Lleial fins a la mort.

Com a extra?

De sobte em vaig adonar que la Kim havia canviat completament de tema per centrar-se en la tieta Amber i no en ella mateixa. També vaig caure en que, si el Dirk anava a fer les seves pròpies pel·lícules, ja no necessitaria una agent que li aconseguís els papers. Potser la Kim estava més involucrada del que deia.

I, malgrat les seves acusacions cap a la tieta Amber, havia aportat informació nova que, si es verificava, podria netejar la imatge de la tieta Amber. Però temia que la tieta Amber lliure fes més mal que bé.

# CAPÍTOL 30

*L*a Kim es va aixecar i va agafar la borsa.

—Ja n'he tingut prou d'aquest poble horrible. Ens veiem.

Va treure la cartera i va deixar uns quants bitllets sobre la barra.

La tieta Pearl, que estava netejant cristalls trencats al costat, la va cridar.

—Espera! Oblida açò.

—No, ho tinc tot —va respondre la Kim.

La tieta Pearl va assenyalar un collar.

—Se li ha caigut.

La Kim va tornar sobre les seves passes i va agafar la cadena d'argent. La va estudiar durant un instant abans d'obrir el tancador i posar-se el colgant.

Em vaig quedar bocabadada quan vaig reconèixer el collar. En realitat, no era un colgant, era un anell segell d'argent penjant d'una cadena.

—D'on l'ha tret?

La Kim va assenyalar l'extrem oposat de la barra.

—Pregunti a aquell.

Va treure l'anell i el va llençar a l'altre costat de la barra.

El Rick Mazure es va aixecar del seient i va córrer cap al centre de la barra, on l'anell es va aturar plantat un instant abans de caure. El va agafar amb la mà.

—És seu?

Vaig caminar lentament cap a ell mentre enviava un missatge al Tyler. Acabava de començar a escriure quan es va obrir la porta del bar.

El Tyler va entrar sense que el Rick i els altres clients en reparessin.

El Rick es va ficar l'anell a la butxaca.

—Clar que és meu.

—S'assembla molt a l'anell del meu xicot. Deixi'm veure'l.

El Rick no sabia que el Tyler era el meu xicot. Havia d'aguantar fins que arribés el Tyler, així que em vaig inventar una llarga història sobre com havia comprat l'anell per al meu xicot i ell l'havia perdut.

—És meu, entesos? Veu la «R»? És una prova.

El Tyler s'havia apropat silenciosament a nosaltres.

—Sí, és una prova —vaig dir—. Vostè va matar el Dirk Diamond i aquest anell ho demostra. Ho tenim tot gravat.

—Què? És boja —va tossir el Rick—. Què passa en aquest maleit poble? Vaig dir al Dirk que no hauríem d'haver vingut. Tot havia estat idea de l'Steven, influenciat per la boja de l'Amber.

—Creia que havia al Dirk just el contrari —vaig comentar—. Quin millor lloc que matar-lo que en un diminut poble amb un sol policia?

La tieta Pearl es va estirar i va apagar la música. No és que hagués de fer-ho, perquè en aquell moment tota la gent de bar havia escoltat la conversa. La majoria ja s'havien aixecat dels seus seients i s'havien apropat a nosaltres amb incredulitat.

Vaig mirar el Tyler.

Ell va assentir mentre anava des del Rick fins a la porta.

—Rick Mazure, queda arrestat pels assassinats del Dirk Diamond i l'Steven Scarabelli.

Va llegir els seus drets a un Rick atònit.

—No pensarà escoltar-la, oi?

El Rick va maleir en veu baixa.

Li vaig somriure.

—Tots estaven enfadats per les ridícules exigències del Dirk i pel mode en que tractava la gent —vaig començar—. Però vostè més que ningú. El Dirk el tractava pitjor que a la resta. Treballava com un gos amb les seves constants modificacions de guió i mai li donava les gràcies.

Va arronsar les espatlles.

—Era un capoll, i? Tots ho sabíem i l'Steven ens pagava bé. Per què matar la gallina dels ous d'or?

—Estava ressentit pels constants canvis —va dir el Tyler—. No el culpo. Mentre tots els altres esperaven asseguts els pròxims canvis del Dirk en el guió, vostè estava escrivint furiosament. El feia treballar fins a l'esgotament, oi?

El Rick va aixecar els muscles.

—És la meva feina. Al cap i a la fi, el Dirk era l'estrella del show. Hi havia que mantenir les estrelles contentes.

—Però tothom té un límit, Rick. El seu va ser quan va treballar en un projecte amb el Dirk. Va obrir la seva pròpia productora i el va contractar per escriure el seu primer guió. Va treballar nit i dia per dur-lo a terme, a més de la seva feina, però el Dirk va acabar rebutjant-lo.

El Rick es va enrojolar, però no va respondre.

—Va ser la gota que va fer vessar el vas, oi? —va preguntar el Tyler—. El Dirk era un ingrat. El va enganyar, però vostè va obtenir la màxima revenja quan va escriure l'escena del seu assassinat.

—No, s'equivoca. Jo vaig obrir la meva pròpia productora i estava pensant en marxar...

El Tyler va negar amb el cap.

— Això se li va acudir després de matar el Dirk. Però l'Steven va començar a sospitar quan les armes de l'atracament es van canviar de ganivets a pistoles. Aleshores va ser quan va començar a preguntar-se què estava passant.

El Rick va aixecar una mà en senyal de protesta.

—L'Steven estava massa ocupat per a interessar-se per això. Em va demanar que treballés directament amb el Dirk.

El Tyler va continuar:

—Hi havia un altre problema amb les pistoles. L'Steven sabia que totes les bales eren de fogueig. El Bill cometia errors, però l'Steven havia treballat amb ell prou per saber que mai tindria un arma carregada al set.

El Bill va assentir des del seu lloc a pocs metres de distància. Tots s'havien aixecat dels seus seients i havien format un semicercle al nostre voltant.

El Rick va negar amb el cap.

—Se suposa que l'Steven aprovava totes les modificacions. Coneixia els canvis.

—Això no és el que va passar —vaig intervenir—. Sabia que no ho llegiria perquè confiava en vostè. L'Steven estava massa ocupat amb les signatures dels contractes de tothom i no tenia temps per comprovar tots els canvis de guió. El vaig escoltar dir-li que continués endavant.

El Tyler va assentir.

—Malgrat que l'Steven no va comprovar les modificacions, era obvi que canviar ganivets per pistoles era un canvi bastant important. L'Steven sabia que això no ho havia demanat el Dirk. Els seus canvis sempre eren per veure's millor, no es preocupava per una cosa tan bàsica com el tipus d'arma usat.

—No! Estan totalment equivocats! —va protestar el Rick—. El Dirk demanava tot tipus de coses i jo havia d'escriure-les.

—L'Steven li va plantar cara, oi? —El Tyler no va esperar una resposta—. Quan va saber el que havia fet volia contar-ho. No va tindre més remei que matar-lo també. Així ningú descobriria que havia matat el Dirk. Va anar a l'habitació de l'Steven i el va trobar sol.

El Rick es va plegar sobre sí mateix i va enfonsar el rostre entre les mans. Ploriquejava descontroladament.

—L'Steven era el meu amic.

—Però el que l'ha delatat ha sigut el seu anell de segell —vaig explicar—. El portava quan va disparar al Dirk. Es va desfer d'ell perquè li feia por que tingués restes de pólvora, així que el va donar a la Kim.

Això va agafar el Rick per sorpresa. No podia negar que era seu després de reclamar-lo al bar.

La Kim va empal·lidir i es va portar una mà al pit.

—No!

—Aleshores va tractar de culpar un home mort, acusant l'Steven per la mort del Dirk i acusant l'Amber de la mort de l'Steven. Llàstima que el seu pla no estigués tan ben pensat com els seus guions.

Vaig recordar que, pel matí, quan havia estat carregant els vestits de la tieta Amber, vaig veure l'anell del Rick per primera vegada, encara que ho havia oblidat fins a aquell moment.

—Tot cobra sentit —va dir el Bill—. La meva pistola perduda, i els canvis ridículs com el cavall i les pistoles. No vaig tenir més elecció que deixar els decorats desatesos. En cas contrari, hauria retardat el rodatge de la pel·lícula. Això va donar al Dirk l'oportunitat de robar una arma i carregar-la amb munició real.

—Quan el Dirk s'adonés dels canvis, ja seria massa tard.

L'Arianne es va eixugar una llàgrima de la galta.

—Estàvem tots ansiosos per rodar l'escena, pel que hi havia una mica de caos. Per això vaig haver d'agafar la meva pròpia pistola de la caixa.

Va assentir amb simpatia cap al Bill.

—El Rick va tornar a escriure l'escena i va afegir noves armes com a mètode de distracció. —El Tyler es va treure les manilles de la butxaca de la jaqueta i les va posar al Rick—. Va pensar que l'escena del tiroteig cobriria la bala real que anava a disparar, però va cometre un error fatal. No vas tenir en compte la trajectòria de la bala. Basant-nos en la posició del Dirk, no venia del set, sinó de l'altra banda del carrer.

—Suposo que va pensar que ningú s'adonaria —vaig dir—. Però el Bill va notar que li mancava una pistola. No podia substituir-la sense ser descobert, pel que va haver de deixar-la en la caixa gran de decorats.

—Per què ho vas fer, Rick? —va preguntar el Bill negant amb el cap —. Teníem una cosa molt bona.

El Rick es va abalançar sobre un inestable Bill, incapaç de

mantenir l'equilibri amb les mans emmanillades. El Tyler es va interposar entre ells.

—Per què? Perquè jo no robo i crec que els lladres han de pagar. El Dirk em va robar l'idea d'una nova sèrie que vaig escriure especialment per a ell. Va prometre fer-me ric, però quan li vaig escriure els guions me'ls va robar i em va fer fora del projecte. Acabava de signar un acord televisiu de milions de dòlars amb la sèrie que jo havia escrit, però es negava a pagar-me —va explicar el Rick vermell d'ira—. Els meus guions el van convertir en estrella, i jo què guanyo?

—Segur que li hauria pagat amb el temps.

Ho dubtava seriosament, però volia suavitzar la situació.

El Rick va negar amb el cap.

—No. No només va treure el meu nom dels crèdits, sinó que va clamar haver-la escrit ell. No era més que un lladre, un vulgar delinqüent.

—Però era una gran estrella —va dir la tieta Pearl—. No necessitava el seu estúpid guió.

El Rick es va enrabiar.

—Els meus estúpids guions el van fer famós en primer lloc. Sense mi, ell no seria res.

# CAPÍTOL 31

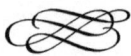

$\mathcal{V}$aig seguir el Tyler amb el meu Honda mentre portava el Dirk a la presó.

L'única cel·la estava ocupada per una atípicament conscienciosa tieta Amber. Havia tornat mentre érem a Embruix i per alguna raó s'havia tancat en la cel·la. Agafava els barrots amb totes dues mans mentre maleïa en veu baixa.

—No puc creure que m'hagi perdut tota l'acció.

El Tyler em va donar les claus i vaig obrir la porta. Vaig agafar la mà de la tieta Amber i la vaig acompanyar fora de la cel·la perquè el Tyler pogués ficar el Rick dins.

—Tu vens amb mi.

La vaig guiar a través de la porta i vam sortir de l'oficina.

—I ara què? —La tieta Amber es va eixugar una llàgrima—. Tot allò pel que he treballat s'ha esfumat. La pel·lícula ja no es rodarà.

—Vas ser una adició d'últim moment —vaig apuntar—. No és que hagis invertit gaire en la pel·lícula. Vull dir, has usat la màgia per aprendre't les teves línies.

Va arronsar les espatlles.

—Només perquè tingui un talent natural no significa que hagi estat fàcil. Vaig volar des de Londres. I he hagut de saltar-me les

postres de la Ruby tota la setmana per mantenir la línia. Tant de pati-
ment per res.

No podia confirmar que hagués patit, però això no em duria
enlloc. En canvi, li vaig posar una mà sobre el braç.

—Ho sento, tieta Amber. ¿Què puc fer per animar-te?

Va parpellejar i va deixar de plorar.

—Sé que la pel·lícula no està acabada, però podem fer una festa de
comiat? No és culpa nostra que el rodatge no pogués acabar.

—No ho sé. Sembla una mica insensible considerant que el Dirk, la
Rose i l'Steven havien patit morts prematures.

El forense de Los Angeles havia confirmat que la Rose havia mort
per un aneurisma cerebral. El Dirk no la va matar. Ningú ho va fer.
Només va ser una horrible i tràgica coincidència que marit i muller
treballant en la mateixa pel·lícula morissin amb pocs dies de diferèn-
cia. Els seus problemes matrimonials semblaven ser un mòbil, però les
seves morts havien sigut el resultat d'altres factors.

Almenys una de les misterioses morts tenia una explicació natural.
No eren bones notícies, però eren menys dolentes.

—Suposo —va acceptar amb aspecte abatut—. I si canvien el nom
de la pel·lícula i afegim noves escenes?

—No és bona idea —vaig dir—. Acabes de lliurar-te d'una acusació
d'assassinat. Potser deuries posar la teva carrera d'actriu en pausa de
moment.

La tieta Amber es va alegrar.

—Tindrem una catifa vermella a la ciutat. Tots els peixos grossos
de Hollywood estaran convidats a Westwick Corners. Serà l'esdeveni-
ment de la temporada.

—Això és el que haurien volgut el Dirk i l'Steven?

Vaig arrufar el front pensant que tieta Pearl podia calar foc al
Carrer Major si arribaven més visitants al poble.

La tieta Amber va arronsar les espatlles.

—Qui sap? No son aquí per dir-ho.

—Tens raó, no hi són. Deixem que decideixin les seves famílies.

—És que està tot tan... inacabat. —Va sospirar la tieta Amber—. La
meva oportunitat de guanyar un Oscar a fer la mà.

—Sempre seràs una estrella per a mi.

Potser que exagerés una mica, però no entenia per què la tieta Amber va voler deixar de banda els seus poders per una carrera d'actriu. Ja era una estrella al món de la bruixeria.

Vaig suposar que fins i tot una bruixa com la tieta Amber desitjava coses que no podia tindre, mentre passava per alt el fet que ja ho tenia tot.

—La fama no és fàcil.

—Tens raó, Cen. Tots els paparazzis, els fans... és millor ser normal —va sospirar—. Tornaré a la meva ordinària existència. Almenys soc una dona lliure.

—I m'has ajudat a aconseguir una exclusiva. Vaig ser la darrera periodista que va parlar amb l'Steven Scarabelli. De fet, ja m'han trucat alguns mitjans de Hollywood.

Era una mentida per riure'm d'ella, però de seguida em vaig penedir de les meves paraules.

La tieta Amber es va allisar els cabells.

—De debò? Digues que em truquin. Tinc xafardeigs interessants per compartir.

Es va obrir la porta del despatx i van entrar la mare i la tieta Pearl.

—He escoltat les notícies —va dir la mare abraçant la tieta Amber —. Lamento que hagis perdut el paper.

—Sí, ho sento.

L'únic que la tieta Pearl lamentava era haver de dir «ho sento»

—No passa res, de tota manera, no em pagaven bé. Amb tot el que ha passat, crec que puc aspirar a més.

La tieta Amber gaudia clarament del seu estatus de celebritat.

El Tyler va sortir i em vaig apropar a ell. Li vaig xiuxiuejar a cau d'orella.

—Fes alguna cosa perquè la seva alliberació sigui notícia, d'acord?

La tieta Amber ja era al vestíbul.

—No et preocupis, Cen. La meitat de la premsa de Hollywood està enfront de l'edifici. Han aparegut fa uns minuts quan he trucat al Brayden per informar de la detenció del Rick Mazure.

El Tyler va tancar la porta darrere de nosaltres quan vam sortir al vestíbul.

Vaig somriure.

—Suposo que les bones notícies viatgen ràpidament.

El Tyler va riure.

—Mai havia pensar que l'adulació fos tan important per a l'Amber. No havia d'enviar-nos pistes falses per a cridar l'atenció. Vull dir, que pot encantar els altres en qualsevol moment.

—Cert —vaig dir—. Però la tieta Amber no sap que aquesta gent és aquí per la detenció del Dirk Mazure i no per la seva alliberació. Per això aquesta multitud és tan especial per a ella. És real, no se l'ha inventat. Pel que a ella respecta, no hi ha res com ser absolt d'assassinat per atreure l'atenció.

# CAPÍTOL 32

*L*a mare i jo esperàvem junt als graons de l'ajuntament mentre el sol de migdia ens calfava els muscles. Estiràvem el coll per veure més enllà de la multitud de mitjans de comunicació que esperaven la tieta Amber. De sobte havia aconseguit la fama que tant havia anhelat, encara que d'un mode que mai hauria imaginat.

Els esdeveniments del dia anterior semblaven un record llunyà, malgrat que almenys una part d'ells anava a reproduir-se.

La tieta Amber havia insistit en recrear la seva posada en llibertat davant d'una conferència de premsa i, sorprenentment, el Brayden havia acceptat. Semblava que el dramatisme de la meva tieta afegia un toc especial al que hauria sigut una avorrida conferència de premsa. I, com era d'esperar, el Brayden s'emportaria el mèrit de la detenció del Rick Mazure i la alliberació de la meva innocent tieta.

Vaig mirar cap a l'ajuntament però no vaig veure senyals de la tieta Amber ni del Tyler. Ara que tenia la feina assegurada acceptava amb humor les anades i vingudes del Brayden. El Tyler havia esquivat la bala. Esperava poder mantenir la nostra sort perquè no hi haguessin més sorpreses del meu antic promès.

Encara no havia sortit ningú de l'ajuntament per a la improvisada roda de premsa que havia organitzat l'alcalde Brayden Banks. Hi havia furgonetes dels principals mitjans i reporters de peu amb micròfons front a las càmeres. Hi havia quasi tantes llums i càmeres com al rodatge de la pel·lícula.

Malgrat la llum del sol, els potents llums de càmera esborraven les ombres matineres i feien que l'entrada de l'ajuntament brillés més que Times Square la nit de cap d'any. Em sentia com si tots forméssim part d'un *reality* de baix pressupost i estiguéssim esperant una gran entrada o un gir dels esdeveniments.

Vaig tancar els ulls i vaig enfocar les portes de l'ajuntament a través dels llums, els equips de filmació i els reporters que em tapaven la vista. No només hi havia mitjans locals. A més dels periodistes de Shady Creek, vaig reconèixer el presentador d'un conegut programa d'entreteniment de Hollywood. Estava retocant-se el maquillatge i la seva corbata semblava estranyament fora de lloc.

Vaig baixar la vista a la meva roba arrugada, sentint-me bruta i cansada. Les darreres vint-i-quatre hores havien estat una bogeria. Però ja havia acabat tot i n'estava agraïda. S'havien retirat els càrrecs de la tieta Amber, el Rick Mazure estava en una cel·la i el Tyler mantenia la seva feina. Almenys esperava que així fos.

Independentment de com fos l'alcalde Brayden Banks, havia mostrat una espurna d'humilitat.

—Ja ve —va murmurar algú.

La multitud va xiuxiuejar i empentar per aconseguir un bon lloc. Les portes de l'ajuntament estaven a punt d'obrir-se.

La mare em va agafar del braç.

—Sembla que l'Amber finalment ha aconseguit els seus quinze minuts de fama. Tan de bo no hagués sigut a un preu tan alt.

Vaig assentir.

—No hi ha res com ser absolt d'un càrrec d'assassinat perquè el teu nom aparegui a les notícies. Suposo que tota publicitat és bona.

—Tan de bo no hagués volgut ser estrella de cinema —va dir la mare—. No hauria vingut ningú a fer una pel·lícula. Tal volta no hauria passat res d'açò i el Dirk i l'Steven encara serien vius.

—Jo no n'estaria tan segura —va dir una veu darrere de mi—. No hauria sigut gaire diferent. —L'àvia Vi flotava davant de nosaltres—. El

Dirk hauria treballat amb el Rick en un altre lloc i en un altre moment. I l'hauria matat. Heu de saber que no es pot canviar el destí. Només es canvien els detalls, però mai el resultat.

La tieta Pearl va assentir.

—A vegades el karma és una putada.

De sobte es van obrir les portes de l'ajuntament i vaig veure alguna cosa vermella quan va aparèixer la tieta Amber. Semblava tan petita al costat de les enormes portes. Tenia a una banda l'alcalde Brayden Banks i a l'altra el xèrif Tyler Gates. Es van aturar damunt de les escales i van enfrontar la multitud.

La tieta Amber portava un vestit llarg de nit blanc i guants fins al colze a l'estil dels anys cinquanta. Va saludar la multitud com si fos un membre de la reialesa i va girar lentament d'esquerra a dreta.

Suposo que vaig bufar massa fort perquè la gent que ens envoltava es va girar cap a nosaltres.

—Talla el drama ja —va dir la tieta Pearl—. Prou emocions per un dia.

—Pocavergonya! —va cridar l'àvia Vi—. Sempre ha volgut ser el centre d'atenció, suposo que és per compensar que és la germana mitjana.

La tieta Amber va treure el màxim profit del focus d'atenció responent a preguntes dels reporters i posant per a les càmeres. La història havia fet un gir de cent huitanta graus. Havien calgut dos assassinats, una confessió falsa i l'actuació de l'alcalde i el xèrif, però finalment, la tieta Amber havia aconseguit el seu moment de glòria.

Tanmateix, no tenia més diners a la butxaca. L'afirmació del Rick que la tieta Amber era l'hereva de la fortuna de la família Diamond havia resultat ser una farsa, una mentida dissenyada per dirigir l'atenció en la direcció equivocada. Havia arribat a inventar-se una nova versió del testament del Dirk per culpar la tieta Amber. El Tyler l'havia desemmascarat parlant amb l'advocat del Dirk. Que la tieta Amber no heretés era el millor que podia passar, ja que aquestes quantitats de diners sempre portavn problemes.

La figura fantasmal de l'àvia Vi es movia d'un costat a un altre, clarament molesta.

—Per què s'emporta l'Amber tot el mèrit? Potser que ella portés la fama a Westwick Corners, però jo he salvat el poble.

Vaig mirar la tieta Pearl per estudiar la seva reacció, però havia desaparegut.

—Com dius, àvia?

Era encara més sensible com a fantasma del que ho havia sigut en vida. Suposo que ser invisible per a tots excepte per a la seva família l'havia tornat insegura. Sentia que ningú li feia cas.

—Jo he resolt l'assassinat del Dirk. —La vaig mirar fixament—. Bé, et vaig portar fins a ell.

—No, no ho vas fer —vaig contestar—. M'has donat alguna pista, però no m'has proporcionat cap detall. El Tyler i jo hem resolt tots dos casos pel nostre compte.

—Com pots dir això, Cen? Soc la raó per la qual l'assassí està a la presó.

—Quan m'has dit el que sabies ja era massa tard —vaig arrufar el front. L'àvia havia retingut deliberadament informació sobre una investigació d'assassinat. Encara estava molesta per això—. A més, em vas dir que eren dos, un home i una dona. Això no era cert. El Rick era l'únic assassí.

—No volia posar-t'ho tan fàcil —va replicar l'àvia Via—. Volia posar a prova les teves habilitats de deducció.

—No és cap joc, àvia.

—No us baralleu —va intervindré la mare—. El que importa és que el Rick Mazure no tornarà a fer mal a ningú. Estarà tancat molt de temps.

—D'acord, potser que hagis col·laborat en la resolució del cas, Cen, però mai ho hauries descobert sense les meves pistes. —La seva aura va adquirir un to morat—. De fet, deuria ser jo qui rebés els elogis i no l'Amber.

—Estàs gelosa —va dir la mare—. A més, com vols que t'elogien? Ets un fantasma, recordes?

L'àvia Vi semblava confusa.

—Ningú a banda de nosaltres pot veure't ni escoltar-te —vaig senyalar.

No va semblar haver-nos escoltat. Va creuar els braços.

—Tan de bo deixéssim d'ignorar-me tots. Jo no he demanat ser invisible. M'agradaria que l'Amber reconegués el mèrit.

Mai havia vist l'àvia Vi tan afectada. Com a fantasma, no podia plorar, però la seva imatge va vacil·lar i es va tornar d'un pàl·lid color blau.

—Ho sento molt, àvia. Podem compensar-te d'alguna manera?

La seva aura es va il·luminar.

—Podem fer un sopar familiar fora?

Vaig sospirar. L'àvia Vi encara no havia acceptat que era un fantasma.

—Clar, per què no? Tria un lloc i faré la reserva.

La seva proposta era ridícula perquè els fantasmes no podien menjar, però no m'abellia discutir amb ella.

Em vaig sobresaltar quan una cosa va explotar a pocs metres de distància.

Em vaig girar cap a l'origen de l'explosió just quan els focs artificials van començar a esclatar sobre mi. La cacofonia de llum i so semblava vindre de tot arreu.

No m'havia adonat que havia marxat, però ella era així.

La tieta Pearl ens va saludar des de la teulada de l'ajuntament. Reia com una boja mentre espetegava els dits al ritme de les explosions. Una cascada de focs artificials multicolor va caure sobre nosaltres com si fos el quatre de juliol.

—No! —L'àvia Vi va aixecar el puny cap a la tieta Pearl—. Prou, Pearl! Baixa d'allà abans que no et facis mal!

Vaig girar els en ulls blanc. Deuria haver sabut que la tieta Pearl volia robar el protagonisme a la tieta Amber i que hi hauria foc de per mig. La rivalitat entre germanes no coneixia límits, i malgrat que la mare era la més petita, sovint havia de separar-les.

—Veus com es fa, Bill? —va cridar la tieta Pearl des de la teulada—. Els teus efectes necessiten més emoció.

Ningú semblava escoltar-la per sobre del soroll. Em va alegrar especialment que el Bill no l'escoltés. D'altra manera podíem haver acabat amb un altre assassinat entre mans.

Vaig fer una ullada a la multitud. Tots semblaven embadalits amb el discurs de la tieta Amber. Fins i tot hipnotitzats. Vaig sospitar que hauria fet alguna trampa amb una mica de màgia.

Es va aturar de sobte a mitjan discurs confosa pels focs artificials que no formaven part del seu encanteri. Des dels graons de l'ajuntament no podia veure la tieta Pearl, així que va assumir que els focs artificials eren part de la celebració.

Va reprendre el discurs amb la mateixa rapidesa.

—Avui és un dia per celebrar la vida de dos homes innocents.

Em vaig adonar que havia desconnectat mentre la tieta Amber seguia parlant sense parar, decidida a guanyar la major quantitat de temps possible.

—Com he pogut acabar amb un parell de germanes tan boges? —La mare va negar amb el cap—. Han de relaxar-se una mica i actuar conforme a la seva edat. L'Amber està fent el ridícul i la Pearl està jugant amb foc.

Boges o no, havia sortit alguna cosa bona de les seves entremaliadures. La tieta Amber havia portat la indústria del cinema al poble, i això era bo per a l'hostal Westwick Corners. Malgrat la tragèdia, els executius de Hollywood havien decidit que l'espectacle devia continuar. I pagarien els seus deutes. La productora ja havia trobat nous talents per als papers protagonistes i el rodatge continuaria en dues setmanes.

Sense la tieta Amber.

Li havíem comprat un bitllet a Hawaii.

La tieta Pearl també havia descobert alguna cosa productiva que fer amb la seva piromania, i havia demanat disculpes al Bill perquè la tornés a contractar. La meva tieta mai admetia els seus errors, així que estava molt orgullosa d'ella. Almenys estava intentant començar de nou.

La tieta Amber va acabar el seu discurs i va donar el micròfon al Brayden.

Va ser un gest molt subtil, però el Brayden va fer una palmada a l'esquena del Tyler.

—Gràcies, xèrif Gates, pel gran treball policial i per mantenir-nos segurs. Gràcies a la seva tasca detectivesca, un despietat assassí ha acabat aquesta nit a la presó. Li estem tots molt agraïts.

L'àvia Vi també estava al centre de l'escenari. Flotava sobre els graons davant dels dos homes.

Vaig aplaudir i la mare em va seguir. A continuació, tota la multitud va arrencar a aplaudir.

—Bravo, senyora West!

L'àvia Vi va somriure. La seva forma transparent va adquirir una preciosa lluentor daurada quan els potents llums es van reflectir en ella. Almenys durant un instant, va semblar aliena al fet que era invisible i que l'aplaudiment era per a la tieta Amber.

L'Amber també ho va notar. Va somriure a la seva mare i va tornar cap al micròfon.

—Això és tot.

Va baixar lentament els graons de l'ajuntament assaborint el moment.

El Tyler la seguia unes passes més enrere i l'àvia Vi levitava entre ells mentre caminaven cap a nosaltres.

La mare va sospirar.

—Mai havia pensat que la vida real fos més emocionant que una pel·lícula de Hollywood. Sobretot a Westwick Corners.

L'Amber va xiuxiuejar apropant-se a nosaltres:

—No hi ha res com el món de l'espectacle.

—Has estat genial —vaig comentar—. És una llàstima que la pel·lícula no hagi sortit endavant. Suposo que atraiem la mala sort.

—No, Cen. Les bruixes creem la nostra pròpia sort —va dir fent-me l'ullet.

—Què se suposa que significa això?

—Oblida-ho. No vulguis saber-ho.

Espero que ara deixis córrer el desig d'actuar, Amber —va intervenir la mare reprimint un badall. Les darreres vint-i-quatre hores havien estat esgotadores..

—Clar que no, Ruby. El millor encara no ha arribat. —La tieta Amber va somriure amb la mirada fixa en l'horitzó—. Seré rica i famosa. Espera i veuràs.

# SOBRE L'AUTORA

**Colleen Cross - escriptora de *thriller*, crim y misteri**

Collen Cross ha escrit tres sagues de *thriller* i misteri. La darrera, *Els misteris de les bruixes de Westwick,* és una sèrie de misteris paranormals ambientats al petit poble de Westwick Corners, un poble quasi fantasma on mai ocorre res... excepte quan les bruixes s'involucren.

Les dues sagues anteriors tracten de la Katerina Carter, una forense i investigadora de fraus molt espavilada. Sempre fa el que s'ha de fer, encara que els mètodes poc ortodoxes siguin espantosos.

Colleen també escriu no-ficció de delictes de guant blanc. *Anatomia d'un esquema Ponzi: Estafes passades i presents,* que exposa als majors estafadors de tots els temps i com es lliuraren dels seus crims. Prediu el lloc i el moment exacte on tindrà lloc la major estafa Ponzi de la història, i serà molt prompte.

Visita el lloc web www.colleencross.com i registra't per rebre notificacions sobre nous llançaments i ofertes especials : http://eepurl. com/dDAcgr

També em trobaràs a les xarxes socials:

Facebook: www.facebook.com/colleenxcross

Twitter: @colleenxcross

I a Goodreads.

# ALTRES OBRES DE COLLEEN CROSS

*Els misteris de les bruixes de Westwick*

*Caça de bruixes*

*La bruixa de la sort*

*Bruixa i famosa*

Subscriu-te al butlletí per a assabentar-te de les noves publicacions de Colleen.

http://eepurl.com/dDAcgr

www.ingramcontent.com/pod-product-compliance
Lightning Source LLC
Chambersburg PA
CBHW051223210726
48290CB00003B/773